달콤한 소금

사소하지만 소중한
일상의 맛내기

달콤한 소금

Le Sel de la vie

프랑수아즈 에리티에 지음
길혜연 옮김

mujintree
뮤진트리

■ 일러두기

-본문에서 작은 글씨로 쓴 주(註)는 옮긴이가 붙인 것이다.
-본문 중 자세한 설명이 필요한 내용은 본문 뒤에 별도의 주(註)로 정리하였다.

……살아서 존재한다는 단순한 사실에는, 일을 넘어서, 심각한 느낌을 넘어서, 정치활동이나 모든 질서를 넘어서는 어떤 가벼움과 축복의 모습이 있습니다. 그것이 이 책에서 제가 이야기하고 싶은 유일한 것입니다.

프롤로그

저의 인류학적인 글을 아는 분들은 이 글을 보고 놀랄 수도 있을 것입니다. 매우 겸허한 마음으로 있는 그대로 말씀 드리자면 이것은 펜 가는 대로, 영감이 이끄는 대로 써 내려간 하나의 '독창적인 작품'이며 이것에 얽힌 이야기가 하나 있습니다. 아주 변덕스런 날씨이긴 했지만 어느 아름다운 여름날 스코틀랜드로부터 엽서 한 장을 받았습니다. 제가 아주 좋아하는 장 샤를르 피에트 교수, 제 마음 속으로 '무슈 피에트'라고 부르는 분이 스카이 섬에서 짧은 소식을 전해온 것입니다. 첫 문장은 "스코틀랜드에서 일주일의 휴가를 '훔쳐'냈습니다."로 시작하고 있었지요.

우선, 저명한 임상의이자 환자들에게 인기 최고인 라피티에

종합병원의 내과 교수이며 30년째 나의 주치의이기도 한 그 분은 환자와 일 밖에 모르는 사람이라는 사실을 먼저 밝혀 두어야 하겠습니다. 제가 아는 그분은 언제나 온 힘을 다해 환자들을 돌보느라 육체적 정신적으로 기진하기 일보 직전이었고, 어떤 날은 진료실 앞에서 오래 기다리게 한 환자를 집까지 데려다 주기도 하고 또 어떤 때는 기차역까지 환자를 마중 나오기도 하는(내게도 한 번 그런 적이 있었죠.), 상상하기 힘든 관대함과 말도 안 되는 즉흥성의 소유자였습니다. 그래서 그런 표현을 쓴 것이겠죠. 그래서 더욱, '훔쳐낸' 일주일이란 말이 눈에 확 들어왔습니다. 누가 무엇을 훔쳤다는 것일까요? 그분이 세상으로부터 휴식을 훔친 걸까요? 오히려 그분은, 잡아먹을 듯이 덤벼드는 주변 사람들, 강박적인 일, 막중한 책임감 따위들로 세상이 자신의 삶을 빼앗아 가도록 내버려 둔 것이 아닐까요? 그렇게 본다면 우리는 그의 삶을 훔치고 그 또한 자신의 삶을 훔치고 있는 것입니다.

그래서 "당신은 매일 어영부영 인생의 감칠맛을 놓치고 있다"는 사실을 알려주고 싶어서 저는 그분에게 답장을 쓰기 시작했습니다. 무슨 이득을 보기 위한 것이었을까요? 아니면 저 또한 그 맛을 충분히 누리지 못했다는 회한 때문일까요? 처음엔 몇 가지 굵직한 실마리를 끄집어 내보다가 제 스스로 거기에 빠져들어, 내 인생에서 감칠맛이란 무엇이고 과거에는 무엇이었으며 앞으로는 어떤 것이 될 것인가를 자문해 보았습니다.

그래서 그것을 생각나는 대로 열거해 보니 하나의 아주 긴 문장으로 된 목록이 저절로 생겨났으며 이는 마치 혼자서 중얼거리는 긴 독백과도 같은 것이었습니다. 그것은 감각, 지각, 감동, 소소한 기쁨, 엄청난 희열, 때로 깊은 환멸이었고, 덕분에 나의 정신이 어두운 시간들 보다는 존재의 밝은 시간들을 향해 나아가게 되었을지라도, 그것은 고통일 때도 있었습니다. 누구나 언젠가는 실제로 경험하게 되는 아주 일반적인 사소한 일에서 시작하여, 점점 아주 개인적이고 지속적이며 마음속에 영원히 각인된 추억, 또한 그 경험을 단지 몇 마디로 밖에는 전할 수 없을 것 같은 짧은 섬광 같은 추억들이 뒤섞였습니다. 이 글은 인생에 경의를 표하는 일종의 산문시로 보아야 할 것입니다.

저는 분명 물질적인 근심이 면제된 삶을 살았습니다. 지적인 문제들을 다루는 직업을 갖는 행운을 누렸고, 이는 생활에 입체감을 부여하고 일상에서는 찾아보기 힘든 강렬한 기쁨을 주기도 했지요. 저는 일을 낙으로 삼았고 앞으로도 그럴 것입니다. 저는 운좋게도, 수백만의 인류가 겪고 있는, 그저 생존을 위해 감내해야 하는 비참함과 고난을 겪지 않았습니다. 그러므로 이 글은 특권계층의 쾌락주의적 견해로 비춰질 수도 있을 것입니다. 하지만 조심스럽게, 이 글이 순수한 감각적 기쁨에 관해 이야기하면서, 모든 사람들에게 각자가 가지고 있는 구체적인 경험을 떠올려 줄 것이라 기대해 봅니다.

독자들은 세월의 두께를 느끼게 될 것입니다. 저는 제2차 세계대전이 일어나기 전에 태어났습니다. 전쟁은 큰 충격이었지만, 오히려 리브라두아프랑스 내륙 오베르뉴 지방에 있는 국립공원지역에 있는 친조부모님 댁에서 긴 방학을 보내며 이제는 사라진 옛 생활방식과 농촌을 체험했기 때문에 전쟁으로 인한 심각한 고통을 겪지는 않았습니다. 이 책에는 아프리카에서의 생활도 함축적으로 드러날 것이고 병으로 아팠던 경험도 들어있습니다. 또, 수많은 만남, 기이한 일, 사려깊은 시선이 있습니다. 그 시선은, 자연, 또 그 안에서 만들어지는 것, 동물, 소음, 소리, 빛과 그림자들, 풍미 그리고 특히 다른 이들을 향하고 있는 것입니다.

이 책에서 저의 사생활이 드러나지는 않을 것이며, 만약 드러난다 해도 아주 조금뿐일 것입니다. 또한 지성인의 삶, 연구, 글쓰기의 기쁨, 그 강렬한 느낌도 찾아볼 수 없습니다. 사랑에 관한 이야기도 전무하지요. 그것은 독자들의 삶에서처럼 제 삶에서도 큰 자리를 차지하고 있습니다만 그래도 그것은 이 글의 주제가 아니었습니다. 그렇다면 그건 무엇이었을까요?

살아서 존재한다는 단순한 사실에는, 일을 넘어서, 심각한 느낌을 넘어서, 정치활동이나 모든 질서를 넘어서는 어떤 가벼움과 축복의 모습이 있습니다. 그것이 이 책에서 제가 이야기하고 싶은 유일한 것입니다. 이 약간의 보너스는 우리 모두에게 주어지는 것이며 그것이 인생을 더 살맛나게 하는 달콤한 소금입니다.

2011년 8월 13일

어제 선생님의 엽서를 받고, 선생님이 누구나 꿈꾸는 아름다운 곳에서 휴가를 즐기고 계신다는 소식을 들으니 참 반가웠습니다. 그동안 스코틀랜드의 안개 속에서 지내고 계셨군요. 선생님은 휴가를 '훔쳐냈다'고 표현하셨지만 제가 느끼기에 선생님이 일상적으로 훔치고 있는 것은 바로 자신의 삶입니다.

평균 수명을 85세, 즉 31,025일로 생각할 때, 대략 평균적으로 하루에 8시간은 잠을 자고, 장보기－식사준비－식사－설거지 등에 3시간 30분, 건강관리－몸단장－병치레 등에 1시간 30분, 집안일－아이들－통근－잡다한 절차－가벼운 집안 수리 등에 3시간, 일하며 얻는 기쁨은 차치하고 45년간 하루에 6시간씩을 노동으로 보내고, 피할 수 없는 사회생활 – 이웃과의 대화 – 간단한 술자리 – 모임 – 세미나 등에 1시간을 보내고 나면, 평범한 소시민들에게 인생의 감칠맛을 주는 일은 무엇이 있을까요?

휴가, 연극, 영화, 오페라, 음악회, 전시회, 독서, 음악을 감상하거나 연주하는 일, 여러 가지 예술 활동, 코에 바람 쐬는 산책, 피크닉, 여행, 정원 가꾸기, 친구 방문, 빈둥거리기, 글쓰기, 만들기, 몽상, 성찰, 운동, 보드 게임, 아주 간단한 게임, 단어 맞추기, 대화, 우정, 가벼운 연애, 사랑, 죄책감을 수반하는 기쁨들은 또 어떻고요? 섹스에 대한 이야기를 꺼내지 않았다는 점에 유의하세요. 그래요, 선생님은 절대로 알아맞힐 리가 없지만 인생의 한창 때라고 하는 시기는 하루에 한 시간 반 정도랍니다.

그런데 선생님은 오히려 다른 시간들까지 희생하며 노동시간을 늘리고 계세요. 우리 모두가 마음 깊이 열망하고 있는 이 즐거움들을, 모든 위험을 무릅쓰고 제외시키고 계신 거죠.

8월 13일 몇 시간 후

인생에 감칠맛을 주는 '달콤한 소금' 목록에 빠진 것이 많군요. 그래서 저는 연상 작용과 '스스로에게 솔직하기'라는 초현실주의자들의 방식에 따라 계속 적어 보기로 했습니다. 이 모든 것들은 어쩌면 당신에게 쾌락주의적으로 비쳐질 수도 있지요. 지적인 기쁨이나 사회적인 참여 행위 같은 세련되고 우아한 것은 잠시 접어두었기 때문에, 섹스에 관한 이야기를 하지 않는다고 해도 그다지 진지해 보이지 않을 지도 몰라요. 그래도, '취향'이라는 것을 갖기 위해서라면 꼭 필요한 것들에 대한 이야기입니다. 우리들이 짬을 내줄 때 존재하는 작은 기쁨, 의문, 낙담 등이 만들어내는 내면의 떨림이 그것입니다. 계속해 보지요.

…… 그동안 내가 잊고 있던 것은, 폭소, 두서없는 전화 통화, 손으로 쓴 편지, 가족 간의 식사(그 중 몇 번만), 혹은 친구들과의 식사, 카운터에 서서 마시는 맥주, 레드 와인과 순한 화이트 와인 몇 잔, 햇빛 좋은 날의 카페, 그늘에서 낮잠 자기, 바닷가에서 굴 먹기 또는 나무 위에서 체리 먹기, 왁자지껄 소란 떨며 웃기, 수집품 간수하기(돌, 나비, 상자, 기타 등등), 선선한 가을 저녁의 황홀경, 석양, 모두 잠든 한밤중에 혼자서 깨어있기, 옛날 노래 가사 기억해보려고 애쓰기, 새로운 향기나 맛 찾아 나서기, 평온한 마음으로 일기 읽기, 사진 앨범 뒤적이기, 고양이랑 놀기, 꿈꾸던 집짓기, 식탁 예쁘게 꾸미기, 무심코 담배 한 대 피우기, 일기 쓰기, 춤추기(아! 춤추기!), 즐겁게 외출하기와 파티하기, 7월 14일 프랑스 혁명기념일 댄스파티에 가기, 다른 프랑스인들처럼 신년음악회 감상하기, 소파에서 뒹굴기, 윈도 쇼핑하며 길거리 쏘다니기, 상점에서 구두 신어보기, 익살부리기, 흉내 내기, 낯선 도시에서 새로운 것 발견하기, 미니 축구-스크래블-도미노 게임 하기, 말장난하기, 우스개 소리하기, 손 많이 가는 음식 만들기, 낚시나 조깅 혹은 페탕크쇠로 된 공을 교대로 굴리며 표적을 맞히는 프랑스 남부지방의 놀이 하기, 뭔가를 심사숙고하기, 텔레비전이나 예술영화관에서 옛날영화 보기, 주머니에 손 집어넣고 휘파람 불기, 생각 비우기, 침묵과 고독의 순간들, 더운날 빗줄기 속을 뛰어가기, 희미한 불빛 아래에서의 대화, 목에 키스하기, 거리에서

맡는 갓 구어 낸 크루아상 냄새, 공모의 눈짓, 자연 속에서 모든 것이 고요한 순간, 운동장에서 즐겁게 뛰어 노는 아이들의 함성, 아이스크림이나 초콜릿 실컷 먹기, 환심을 사고 주목을 받고 사람들이 나의 이야기에 귀 기울이고 있음을 깨닫는 순간, 자신이 민첩하고 경쾌하게 느껴질 때, 늦잠자기, 고기잡이 배 타기, 수공업 장인의 작업하는 모습 관찰하기, 떠버리 약장수 구경하기(정말 오래 전에 해 본 일!), 거리공연 즐기기, 너무 오랫동안 보지 못한 친구 만나기, 타인의 말에 진심으로 귀 기울이기……

아직도 잊고 있는 것이 너무 많아요.

선생님은, 인생에서 영원히 사라져 버릴 것들 중에 무엇이 제일 그리울 것 같으세요?

8월 14일

선생님을 '심각할 정도로' 지루하게 만들지나 않을까 하는 걱정을 무릅쓰고,

…… 모차르트, 비틀즈 또는 아스트루드 질베르토브라질 태생의 삼바와 보사노바 재즈 싱어의 음악을 경건한 마음으로 듣기, 인기 가수의 콘서트를 보기 위해 하루 만에 스위스 다녀오기, 산딸기 배불리 먹기, 거센 바람이 부는 날 해안도로 지나가기, 밤에 월식이나 수리부엉이가 지나가기를 기다리는 일, 누군가를 어떻게 하면 기쁘게 해 줄 수 있을까 생각하느라 머리를 짜내는 일, 맨발로 걷기, 바다에서 메아리쳐 들려오는 목소리에 귀를 기울이는 일, 기지개 켜고 하품하기, 작은 등잔 하나 또는 큰 조명등 여러 개

켜기, 멋진 남자를 쫓아가서 칭찬하는 것, 의미심장한 눈빛 염탐하기, 그래서는 안 되지만 책장 한 모서리를 접는 것, 예의 따위는 잠시 집어치우기, 우편물 확인 잊어버리기, 둘이 서로 팔이나 손을 잡는 것, 남들과 반대 방향으로 걷기, 우아한 노신사가 문을 지날 때 문 잡아주기, 공처럼 몸을 웅크리기, 새벽의 신선한 공기 들이마시기, 바람에 흔들리는 나뭇가지 쳐다보기, 탁탁 소리 나는 장작불 피우기, 소시지와 오이피클 신나게 먹기, 잠시 대화가 끊어졌을 때 가만히 기다리기, 눈치 없이 말하기, 머리카락 사방으로 흔들기, 뜻밖의 미소 짓기, 가벼운 주제에 대해 진지하게 말하고 심각한 주제로 농담하기(하지만 아무나 하고는 아님!), 자신이 좋아하는 것을 거리낌 없이 즐기기(스포츠카의 굉음도 포함), 삶 그 자체를 받아들이는 것, 등을 바닥에 대고 똑바로 누워 자는 것, 콜롬보 형사처럼 손 인사하기, 계단을 급하게 뛰어오르기, 숨차게 뛰어 어딘가에 도착하는 것, 극장에서 영화 보며 눈물 흘리기, 감동을 표현하거나 그 반대로 기품있게 침착함을 유지하기, 침묵하기-감탄하기-경청하기, 자전거나 피아노나 양궁을 다시 시작하는 것, 산책길에 우연히 최고급 호텔의 화장실에 가는 것, 푹신한 안락의자에 거리낌 없이 앉는 것, 엉뚱한 물건 모으기, 작은 나무 밑에 돋아난 이끼 혹은 비누거품 속에 손 담그기, 전원 감시인의 북소리[1](이젠 없어짐)나 거리의 손풍금 소리(이것도 없어짐) 듣기, 경주에서 친구의 뒤 쫓기, 열린 창 옆에 앉아 있기,

낯선 곳에서 잠 깨기, 가슴 두근거림, 여러 가지 논거를 검토하기, 멜론을 손에 들고 무게를 가늠해 보기, 잊고 있던 추억의 물건 되찾기(세상에, 정말 그런 게 있었네요!) 별거 아닌 것 하나 고르는데 시간들이기(중요한 일은 과감하게 결정하기), 하늘을 나는 제비 떼 중 한 마리만 계속 바라보기, 자신이 관찰 당하고 있는지 모르는 고양이를 위에서 내려다보기, 속으로 웃기, 여명이 밝아오기를 기다리는 일, 물을 주면서 화초와 말하기, 좋은 가죽이나 낚싯대 또는 머리카락을 쓰다듬으며 촉감을 호평하는 일, 모나리자 초상화 속의 배경을 자세히 연구하기, 누군가의 목소리를 듣고 기뻐서 펄쩍 뛰기, 발길 닿는 대로 정처 없이 떠나기, 아무 일도 하지 않고 남들에게 알려지지도 않는 것, 구운 메뚜기를 이 끝으로 조금 맛보는 것, 오랜 친구들과 끝도 없는 대화를 나누며 즐거워하기, 아름다운 이야기들 상상하기……

8월 15일 18시 27분

선생님을 지루하게 만들까봐 염려는 되지만, 더욱 깊이 있게 들어가고 있으므로 계속해 보겠습니다. 무너진 하안河岸을 더 파내고 있는 느낌입니다. 20년 후, 사람들이 내가 어떤 사람이었느냐고 물어올 때를 위해 선생님께 자료를 제공하고 있는 셈이지요.

…… 전화로 속삭이기, 몇 년 후의 약속 미리 잡기, 로버트 미첨의 풍채 – 헨리 폰다의 걸음걸이 – 브래드 피트의 미소 – 진 티어니나 미셸 파이퍼의 로맨틱한 아름다움 – 마릴린 먼로의 순진함 – 오드리 햅번의 우아함 앞에서 황홀해지기, 이탈리아 피렌체에서 '코파 델 논노'이탈리아의 유명 아이스크림 맛보기, 안도의 한

숨 쉬기, 지프 타고 비포장도로 달리기, 음식 옆에 쪼그리고 앉아 손가락으로 집어먹기, 콜라 열매[2]나 초콜릿 바 나눠 먹기, 영화 보며 무서워하기, 추리소설이나 수준 있는 공상과학 소설 읽기, 안면 몰수하고 과일 쟁반에서 제일 예쁜 복숭아 골라 집기, 고동 껍데기 속에서 조심스럽게 살 끄집어내기, 도로변 간이식당의 체크무늬 식탁보 씌운 테이블에서 식사하기, 크리스털 잔 두드려 소리내기, 멋진 럭비 경기 관람, 블롯이나 라미같은 카드놀이 – 얌 같은 주사위 놀이 – 도미노 게임 하기, 실력 없는 선수들과 더불어 실력 없는 선수되기, 하찮은 일에 격렬하게 항의하기, 화 잘 내는 사람과는 협상 거부하기(여기에는 아이들도 포함. 특히, 상점에서 아이들의 눈을 부릅뜨게 하기), 마음먹고 택시를 예약한 후 택시 정류장에서 기다리는 사람들 바라보기, 꼭 필요할 때 여러 사람이 쓸 만큼 큰 우산 가지고 있기, 힘차게 걷기, 낙엽 밟으며 걷기, 할머니의 사진을 보며 다정하게 웃기, 밤에 올빼미 소리 – 낮에 귀뚜라미 소리 듣기, 들꽃 다발 만들기, 흐르는 안개 바라보기, 벌판을 달리는 토끼 쫓기 또는 니스 항구 근처에서 장 루이 트랭티냥의 자동차 경기 구경하기[3], 언제 잠이 드는지 그 순간 정확히 알아내기, 침대 속에서 피로에 지친 몸의 무게 느껴보기, 시험에 통과하기, 누군가의 어깨에 기대어 잠들기, 군중의 환희에 동참하기, 아름다운 불꽃놀이 구경하기, 마리아 칼라스의 노래나 바람이 잉잉대는 소리 또는 우박이 떨어지는 소리 듣기, 불구경하기, 거리에서 샌드위치 먹기, 따뜻하지만 너무 뜨겁지 않은 모래 위 걷기, 음미하며 조금씩 마시기, 열쇠 뭉치 깜박 잊기, 자연 속에서 소변 보기, 눈물 나도록 감동하기, 축구 경기를 보며 강슛에 열광하기, 누군가를 어루만질 때, 누군가 나를 어루만질 때, 키스하기, 키스 받기, 껴안기, 껴안아 주기(사랑, 공모, 애정의 의미로), 스스로가 활기 – 열의 – 열정으로 가득함이 느껴질 때, 마음의 충동을 느끼는 것, 관습을 비웃는 것, 젊음을 찬미하기, 음식 탐하기, 달콤한 두려움 느끼기, 기분이 좋지 않을 때 친근한 얼굴들 바라보기, 어떤 생각이나 계획 또는 추억을 몰래 즐기기, 니아메서아프리카 내륙, 니제르의 수도의 우기 때 한 밤중에 비행장 활주로에 나가는 것, 무더운 아프리카 땅의 짙은 향내 맡기, 달빛 아래 고요히 길을 건너는 한 쌍의 사자를 보는 것, 자동차 헤드라이트 불빛으로 짐승들 놀라게 하기, 밤새도록 이야기하기, 주변 사람들의 행복을 바라는 것, 벽장 정리, 아직도 살아있다는 사실에 대해 놀랄 때, 오랫동안 괴롭히던 문제에 대해 섬광처럼 번득이는 해결책을 찾아 뛸 듯이 기뻐하기, 마음에 드는 선물이나 우정의 표시 또는 우편엽서 받기, 누구나 아는 노래 합창으로 부르기, 비밀을 갖는 것, 일부러 헛된 상상을 해 보는 것, 감미로운 날씨 즐기기……

극장에서 불이 꺼지고 사람들의 말소리가 잠잠해졌을 때 막이 올라가는 것 보기, 남의 눈을 피해 조용히 지낼 줄 아는 것, 있는 그대로의 자신을 절대 부끄러워하지 않기……

8월 17일

그리고 또……

…… 〈아웃 오브 아프리카〉에서 로버트 레드포드의 애끓는 신중함과 〈바람과 함께 사라지다〉에서 클라크 게이블의 엄청난 거만함 앞에서 마음이 녹아버리기, 콩 솎아내기, 신발에 박힌 자갈 돌 끄집어내기, 한밤중에 욕조에 몸 담그기, 북극의 오로라 구경하기, 잔디 위에서 재주 넘기, 구르기(안 해 본지 오래됨!), 네 잎 클로버 찾기, 카드 점치기에서 좋은 결과를 얻을 때, 옛날 요리법의 맛을 재발견하기, 보도블록 가장자리에 박힌 포석 사이 거리를 발걸음으로 재기, 기차의 안내방송에 나오는 배경음악 듣기, 어떤 물건이나 집 또는 장소로 뭘 할 수 있을지 상상하기, 잘

구워진 빵 고르기, 토끼에게 먹일 풀 뜯기, 꽃에 물주기, 폭신한 목도리 뜨기, 극장에서 불이 꺼지고 사람들의 말소리가 잠잠해졌을 때 막이 올라가는 것 보기, 칵테일파티에서 고기파이 한 개를 가까스로 집을 때, 슈베르트의 〈겨울 나그네〉를 들으며 눈물 흘리기, 루아르 강의 수원을 찾아 제르비에 드 종 산프랑스 남부 내륙, 리옹과 아비뇽 사이에 위치한 산에 오르기, 거리에서 모르는 사람 칭찬하기, 약속한 날짜-주일-달 착각하기, 20년만의 재회인데도 늘 함께 있었던 것처럼 느낄 때, 잊고 있던 향수 뿌리기, 남의 눈을 피해 조용히 지낼 줄 아는 것, 관중들을 웃기기, 어린 아이를 안아주며 왜 이리 무거우냐고 투덜대지만 바보 같은 질문으로 아이를 귀찮게 하지는 않기, 죽은 이후에 어떻게 될까 보다는 태어나기 전엔 어디에 있었을까 생각해 보기, 신문지 구기기, 이미지를 오려 콜라주 하기, 비행기 타고 이륙 또는 착륙하기, 옆 사람이 먹는 음식을 선망의 눈으로 바라보기, 행인들의 걸음걸이 관찰하기, 야생 심리 연구하기, 카페테라스에서 기다리기, 운동을 해야 할텐데 하고 생각하기, 가끔 심호흡하기, 거품기 없이 손으로 직접 마요네즈 만들기 또는 계란으로 무스 만들기, 맛있고 새로운 열대 과일 발견하기, 어릴 때 쓰던 속어나 격언 다시 기억해내기, 놀랄 만큼 정확한 단어 사용하기, 너무 목마를 때 물 마시기, 있는 그대로의 자신을 절대 부끄러워하지 않기……

8월 18일

…… 샴 고양이나 브르타뉴 산 스페니얼 개와 다정하게 대화하기, 연속으로 일곱 번 재채기하기, 트레경 성당프랑스 브르타뉴 지방의 도시 트레경에 있는 생 필리베르 성당 첨탑을 처음 보았을 때, 빠진 물건 없이 소풍 가기, 리나 혼미국의 가수처럼 〈스토미 웨더〉 부르기 또는 주디 갈랜드미국의 가수, 배우처럼 〈오버 더 레인보우〉 부르기, 시험 삼아 루이스 마리아노스페인 태생의 가수처럼 〈멕시코〉 불러보기, 고음으로 올라가는 데 실패하기, 존 포드 감독의 영화에 자주 등장하는 광활한 하늘에 빠져들기, 경비행기를 타고 아프리카의 관목 숲 상공 비행하기, 물수제비 뜨기, 조바심 떨기, 혀끝으로 생강의 짜릿한 맛 느끼기, 어린 송아지의 축축한 코 만지기, 버섯 찾기, 블루베리 따기, 밀

물이 가장 높아지는 대조大潮때 조개 잡기, 새로 고친 주방이나 방 또는 사무실을 바라볼 때, 괴상한 단어를 속으로 발음해 보기, 케이블카 타기, 극장에서 연극이 시작됨을 알리는 막대 치는 소리에 화들짝 놀래기, 숨바꼭질하기, 소름이 돋거나 털이 쭈뼛 설 때, 시골 장터 제비뽑기에서 자질구레한 물건 타기, 가로수가 우거진 대로에서 밤에 약간 무서움을 느낄 때, 상쾌하게 샤워하기, 머리 마사지하기, 짐 꾸리기를 마치고 가방 잠글 때, 자물쇠에 열쇠를 꽂을 때, 여행 떠나기, 맨손으로 가재 잡기(이젠 끝이지만!), 부르고뉴 달팽이 잡기(이것도 이젠 끝!), 긴 의자에 눕기, 우편배달부 기다리기, 메아리를 들으려고 소리칠 때, 발로 돌 차기, 부모님의 눈총을 받으며 무릎에 난 상처의 딱지 떼기(정말 오래 전 일!), 딱 한 번 수학을 18점 받았을 때(20점 만점에), 하모니카나 주즈하프편자형 금속 테에 철사를 친 원시적인 현악기 연주하기, 결정권을 갖기, 나무로 모형 만들기, 대형 퍼즐 완성하기, 후지산이나 킬리만자로산 멀리서 바라보기, 보보 디울라소서아프리카 내륙국 부르키나파소에서 두 번째로 큰 도시에 가고 싶어 하기, 사랑하는 남자의 말에 귀 기울이기, 서부 영화에 나오는 배우 제임스 스튜어트 감상하기, 외팔이 스펜서 트레이시를 태운 기차가 벌판을 구불구불 달리는 모습 보기존 스터지스 감독의 영화 〈베드 데이 엣 블랙 록Bad day at Black Rock〉의 장면, 에일리언이나 좀비들을 보며 무서워서 의자 속에 푹 파묻혀 있기, 한 그루 타마리스지중해 지역에 많이 분포하는 관목으로 흰색과 분홍색 꽃을 피움 바라보기, MRI자기공명영상 촬영하며 잠들기, 정맥을 못 찾는 간호사 위로하기, 멋진 인턴이나 레지던트 발견하기, 주머니에 손 집어넣기, 침대 위에서 펄쩍 펄쩍 뛰기(이것도 정말 오래 된 일!), 아티초크지중해 연안에서 많이 나는 식용식물 껍질 벗기기, 은유적 표현 지어내기, 예쁜 선글라스 발견하기, 아프리카산 필리필리 고추를 넣은 매운 음식을 먹고 숨막혀하기, 필요한 경우 단호하게 반박하기, 동물 길들이기, 비가 올 때쯤에만 보인다는 섬을 찾기 위해 수평선 탐색하기, 글을 쓰기 위해 또는 자전거를 타고 오르막길 오르느라 무진 애쓰기……

열 시간 후

…… 하찮은 일에 수고하기, 성냥 긋기, 동銅제품에 광내기, 지겨운 강연회에서 졸기, 어려운 십자퍼즐 풀기, 길이 막힐 때 브르타뉴 사투리로 상스럽게 욕하기, 아첨이나 꼼수가 숨어있는 호의에 속지 않기, 식탐의 유혹에 넘어가기, 노트르담 성당 첨탑이나 마추픽추에 오르는 꿈꾸기, 나이아가라 폭포의 물안개를 측면으로 맞기, 거대한 바오밥 나무 한 바퀴 돌기, 도르래 없이 팔 힘만으로 우물물 길어 올리기, 모기장이 나를 지켜주고 있다는 느낌이 들 때, 선물 상자를 열어 볼 때, 무슨 일이 있을까 궁금해 하며 빨리 내일이 오기를 기다릴 때, 푸아투 지방의 몸집 큰 당나귀나 살레 암소[4]를 보고 감탄하기, 과제를 끝내고 지친 몸으로 침대에 눕기, 엄청난 양의 설거지를 마쳤을 때, 안개 낀 날 메

네 옴프랑스 브르타뉴 지방에 있는 산에 – 맑은 날 퓌이 드 돔프랑스 오베르뉴 지방에 있는 휴화산에 – 찬바람 부는 날 방투프랑스 프로방스 지방에 있는 산에 오르기, 이조아르 령의 카스 데제르트[5]에서 연기를 뿜는 자동차 보닛을 열었을 때(1950년대 쯤), 예쁜 돌 하나가 들어 있는 오래된 보석함을 다시 찾았을 때, 인생이란 덧없는 것이니 잘 누려야 한다는 사실을 인식한 것, 라 퐁텐느 우화집을 실감나게 구연했을 때, 변화에 대한 귀찮음과 두려움을 잘 극복했을 때, 아름다운 날 오후 느지막하게 테라스에서 맥주 한 잔을 마시고 약간 허기를 느낄 때, 입에 발린 말에 둔감하기, 잘난 척하는 사람 모르는 척하기, 근육맨의 식스팩이 멋지다고 생각하지 않는 것, 뿔을 잡고 염소 몰기, 샴고양이가 내게 샘을 내며 가릉거릴 때, 이상한 악기들의 정체 밝히기, 침묵하기 그리고 적당할 때만 말하기, 다른 사람처럼 해야 한다고 생각하지 않기, 수도자 같은 삶을 즐길 수 있을까 생각해 볼 때, 모든 것에 호기심을 가지는 것, 눈을 뜨고 있을 때, 이제 막 베어 낸 건초 혹은 해초의 냄새를 행복하게 맡을 때, 물이 빠져나간 갯벌 냄새를 맡을 때, 얕은 냇물을 걸어서 또는 징검다리 위로 뛰어 건널 때, 모나리자 얼굴에 수염[6] 그려 넣기, 새가 깜빡 속아 날아들 정도로 조용히 가만히 있기, 오바마처럼 파리 한 손으로 잡기[7], 졸졸 흐르는 개울물 소리 듣기, 햇볕에 달구어진 차에 타면서 악 소리지르기……

8월 21일

…… 아프리카 산 뿔닭이나 몸부림치는 새 또는 짐승을 선물로 받기, 상자들이나 곳간 또는 큰 장롱이 뭔가로 가득 채워졌을 때, 허공에 매달려 있기, 사람이나 짐승의 목소리 – 걸음걸이 – 억양을 완벽하게 흉내 내기, 새로 갈아 끼운 이부자리에서 잠들기, 파리 11구 구청 연회실의 목가적인 벽화를 느긋하게 감상하기, 손톱 손질하기, 일어나서 '아니요'라고 말하기, 일을 열심히 했을 때, 콜뤼슈 70~80년대를 주름잡았던 프랑스의 희극배우 – 데프로주 블랙 유머로 유명한 프랑스의 희극배우 – 채플린과 – 키튼 미국의 배우 의 코미디를 보며 웃기, '예술작품'이라는 것 앞에서 난감해 하기, 몇 가지 책은 집안에 두기를 결단코 거부하기(예를 들면, 나치 독가스실의 존재를 부인하는 자나 외국인 혐오주의자들의 저

서), 아주 잠깐이라도 몸과 마음이 편안한 것, 결함이 있는 도구를 대체할 수단 찾기, 각 도와 도청소재지의 목록을 아직 외우고 있다는 사실(음! 그다지 확실치는 않지만), 1930년대의 여성 패션은 우스꽝스럽다고 생각하지만 고대 크레타의 여성 패션은 좋아하기, 갓 피어난 아이리스 구경하기, 사랑스러운 마음으로 코스모스 따기, 낙엽 쓸기, 베어낸 풀이나 곡식 단 가지런히 정리하기, 요란한 파티 후의 고요함 음미하기, 과거의 흔적을 발견하고 놀라거나 감동하기, 신문의 맨 뒷장부터 읽기, 신체의 좌우 차이로 빚어진 우스꽝스런 결과에 웃기, 다른 사람들 보다 제일 먼저 또는 제일 나중에 길 떠나기, 절대 권력에 대한 환상 갖기, 큰 냄비에 계란 한 개 삶기, 한번만이라도 재치있게 대꾸하기……

8월 24일

이것이 끝일까요?

…… 손가락과 입술 사이에 풀피리를 끼고 불기, 한밤중 침대 속에서 15분마다 후렴 부분이 점점 길어지는 주방의 괘종시계 소리 듣기, 모엘랑의 '암소' 소리 듣기[8], 서부 영화에서 동물이나 사람들이 대이동하는 모습 보기, 할머니의 주름진 손 쓰다듬기, 어머니에게 '사랑하는 어머니'–자식에게 '귀여운 내 새끼'–남편에게 '달링'이라고 부르며 그 호칭이 얼마나 적절한 표현인지 절실히 느낄 때, 아늑한 뒷마당이 있는 레스토랑 '봉정평'에서 저녁식사하기, 랍비가 등장하는 유머 즐기기, 배우 장 가뱅과 함께 〈물가를 산책할 때〉라는 노래 부르기, 지방도시

이름 'Cunlhat'프랑스 오베르뉴 지방의 도시. 발음이 어려워 이견이 많음의 정확한 발음 알기, 두근거리는 마음으로 편지 열어보기, 악마의 딸들이 시집갈 때 집 밖에 있기(이게 무슨 소리냐고요? 오, 미안해요! 하늘은 맑은데 갑작스레 소나기가 올 때를 뜻한답니다.), 석양빛의 방향을 보며 다음 날 아침 비가 올 거라고 예측하기, 소년을 부르면서 엄숙하게 '무슈'라는 호칭 사용하기, 누군가가 돌아오기를 기다리며 리나 케티이탈리아 출신의 프랑스 샹송가수 '당신이 돌아온다면', 이라는 히트곡으로 유명함의 달콤한 목소리를 들을 때와 작은 길위에서 미레유프랑스의 작곡가, 가수, 배우로 '작은 길'이라는 히트곡이 있음의 톡 쏘는 목소리를 들을 때, 마음에 꼭 드는 색상을 발견하고 거기에 도취될 때, 샤를르 트레네프랑스의 유명 샹송 가수의 '울타리를 훌쩍 뛰어 넘었네'라는 노래를 부르며 울타리 뛰어넘기, 이브 몽탕의 '그네 타는 아가씨'라는 노래를 들으며 그네 타는 아가씨의 다리 쳐다보기, 존경하는 인물이 내게 먼저 청하여 처음으로 그를 이름만으로 부르며 속으로는 떨기, 자크 뒤트롱프랑스의 가수이자 배우의 노래와 함께 파리에서 아침 맞기, 아무렇지도 않게 접시의 바닥까지 핥아 먹기, 2월 로마의 나보나 광장에서 햇빛을 쬐며 로케트유채과의 식물로 이탈리아 요리에 흔히 쓰는 야채 샐러드와 함께 오르비에토이탈리아 중부에 있는 도시 산 포도주 한 잔 마시기, 턱밑으로 금단추의 노란색을 반사시키기, 집 정면의 벽을 타고 자란 포도덩굴에서 직접 포도 따 먹기, 땅 위로 떨어지는 굵은 빗방울-거대한 무지개-칠흑 같은 어둠 속에서 멀리 보이는 불빛이나 유성 또는 아주 높은 상공을 소리 없이 지나가는 비행선 바라보기, 저금통-마스코트-날씬한 몸매 갖기, 뭔가에 열중하고 있는 동물 놀래주기, 집중력이 느껴지는 침묵의 밀도 느끼기, 원형경기장에 들어가는 심정으로 발언 시작하기, 고심 끝에 적합한 단어 겨우 찾아내기, 전화 기다리기, 예뻤던 조약돌의 색깔이 변해서 실망할 때, 숲 한가운데 서있는 초록색 덧창 달린 저택에 대한 환상을 갖는 것, 좌우 두 방향으로 오르는 우아한 현관 층계-풍성한 접시꽃-반짝이는 기와지붕을 보며 감탄하는 것, 아카펠라나 제창으로 노래 부르기, 목소리의 음색에 감동하기, 얼굴을 맞대고 당황스러울 정도로 닮은 얼굴을 보는 것, 새로 온 사람을 오래된 사이처럼 대하기, 속으로 자기 자신과 대화하기, 사랑했던 사람들의 소신을 변함없이 존중하기, 새로 출간하는 책의 교정쇄 받기, 벌통에 연기를 뿜어 채취한 야생꿀 먹기, 무 씹어 먹기, 사과로 설탕 졸임과 파이 만들기, 차가운 시드르사과술 마시기, 야외에서 밤 보내기, 열대 지방의 전통 가옥에서 마당에 벗어둔 신발을 밤새 흰 개미가 물어뜯어 놓은 것을 보고 기막혀 하기, 이웃집에 들렀다가 작은 바가지로 더운 맥주 떠 마시기, 타이어에 펑크 나는 일 없이 장거리 자동차 여행하기, 길 저 끝에 지나가는 큰 왜가리의 허둥대는 발걸음 또는 종합병원에서 기다리던 의사의 흰 가운 자락을 언뜻 보고 나서 기운이 나고 환희와 만족감을 느낄 때, 현장 조사 생활의 모든 것 또는 그 불편함까지도 사랑하는 것, 대화를 쉽게 시작하는 것, 싫은 것을 받아들이는 것, 암소 돌보기, 큰 통에서 포도주 따르기, 병을 속속들이 알아내는 의사의 능숙한 손길 바라보기, 순수한 마음으로 재치를 부려 다른 사람들이 폭소를 터뜨리게 만들기, 차를 타고 벨빌 길파리 동쪽 19구와 20구의 경계를 이루는 길고 경사진 길을 단번에 내려가기, 미용실에 가기, 누군가 내 손톱에 매니큐어 발라 줄 때…….

과거의 실수를 부끄럼 없이 기억하기, 손으로 글쓰기, 스펀지 같은 감수성 갖기, 멋진 공연에 넋을 잃기 또는 훌륭한 연설에 매료되기……

9월 2일

이건 마약과도 같아서 멈출 수가 없군요.

…… 잘못 건드려 잠을 깨운 블랙 맘바아프리카에 서식하는 독사의 한 종류 앞에서 꼼짝 못하고 서 있기, 미국 텔레비전 드라마 '하우스' 보기, 'NCIS'에서 갈색 머리를 묶은 고딕풍의 소녀 또는 '앨리 맥빌'이라는 인물 열렬히 좋아하기, 두 여자 친구가 줄을 잡고 점점 빨리 돌리는 줄넘기하기, 잔 가장자리에 설탕을 바른 진 피즈드라이 진에 레몬주스를 넣고 소다수를 부어 만든 칵테일 또는 캄파리 소다탄산수에 소량의 알코올을 첨가한 식전주의 진미 맛보기, 피스타치오나 캐슈넛 끊임없이 먹기, 옆 사람 커피 잔에 각설탕 적셔 먹기, 숟가락으로 커피 잔 바닥에 남은 달콤한 거품 긁어 먹

기, 아프리카 오지에서 야생 벌떼의 공격에 살아남기, 뜨거운 타르의 독한 냄새나 시어버터시어나무 열매에서 채취한 식물성 유지를 만들 때 나는 약간 역한 냄새 맡기, 타이어를 생각해서 너무 깊은 바퀴 자국은 민첩하게 피하기, 둥글게 퍼진 드레스의 안쪽을 상상하기, 모든 종류의 남성 앞가리개 목록 작성하기, 병원 침대 위에서 혼자 힘으로 침대 높이 조절하기, 기다리는 사람이 온다는 것을 알 때, 언덕 꼭대기에서 탁 트인 풍경 바라보기, 구름을 바라보며 발 아래서 땅이 돌아가고 있는 느낌을 받을 때, 번개와 천둥 사이의 시간을 재는 것, 어둠 속을 유심히 살피다가 귀신같이 이상한 형체를 볼 때, 커피 찌꺼기로 점칠 줄 안다는 것을 믿게 하기, 카드를 정확히 섞으려 했으나 실패할 때, 레물라드 소스마요네즈와 겨자, 피클용 오이, 허브, 멸치 등을 넣은 프랑스 요리의 소스를 친 샐러리 요리강습을 듣고 의기양양하게 돌아와서 가족들에게 며칠간 그것만 먹일 때, 과거의 실수를 부끄럼 없이 기억하기, 나무포석을 깔아 미끄러운 길을 지나 생 토귀스탱 성당의 자정 미사에 갔을 때, 다른 스포츠는 전혀 못하면서 투포환 던지기는 무척 잘했을 때, 앙드레 애마르 학장68혁명 이전 소르본느 문과대학 학장을 역임의 축하를 받을 만한 이가 누구일까를 생각하다가 나 자신이라는 것을 알았을 때, 소련 대사의 아들인 친구와 유명 여류작가의 결혼식(기록에 남을만한 사건!)에 빨간 드레스를 입고 갔을 때, 지노 바르탈리이탈리아 출신의 세계적인 사이클 선수처럼 자전거를 타고 언덕을 올랐다가 내려올 땐 죽을 힘을 다해 브레이크 잡기, 놀이공원의 범퍼카를 타고 마지 못해 웃기, 아코디언과 타악기만으로 반주하는 댄스파티에 가기, 왈츠를 훌륭하게 추지만 자바와 룸바 – 파소 도블레템포 빠른 라틴아메리카의 댄스곡 – 탱고와 록까지 좋아하기(아무렴 그렇고 말고요!), 소설 밤새워 다 읽기, 내가 태어난 이후 첫 번째로 돌아가신 친척(증조 할머니) 문상을 가서 밤새우기, 아이 곁에서 밤새우기, 들을 때마다 가슴을 저미는 모차르트의 음악이 들려올 때, 백 명의 청중이 보는 가운데 연단에서 떨어지고 다시 일어나 마치 아무 일도 없었다는 듯이 강연을 계속할 때, "내가 만약 ~이라면?"에 답하는 '중국식 초상화' 놀이하기, 바닷물 속에서 걷기, 뭔가에 닿으면 오그라지는 잎을 가진 미모사 살짝 건드리기, 선인장 열매 조심스럽게 따기, 애완용 고슴도치 쓰다듬기, 아프리카의 축제용 제물인 페드로라는 이름의 양 키우기, 암고양이 '프티트 드무아젤'귀여운 아가씨'라는 의미'이 밀 창고에서 큰 쥐와 싸워 이기는 광경 구경하기, 리브라두아에서 하루에 뜨거운 호밀 빵 – 큰 솥에 구어 낸 감자 – 버터와 검은 버찌를 넣어 갓 구운 밀리야 빵을 먹은 것(그땐 전쟁 중이었는데 바로 어제 일 같네요), '여기는 런던'제2차 세계대전 중 영국의 BBC 전파를 빌어 방송되었던 프랑스어 방송 추억하기, 오베르뉴 지방에서 반 나치 지하운동가를 본 일, 지하 방공호에 피신했던 일, 과일 졸임 그릇 속에 녹아 든 빛 바랜 다갈색 설탕과 감자케이크(빡빡해서 삼키기 힘든)를 좋아한 일, 프랑수아 미테랑 – 조르주 마르셰 – 로베르 파브르와 함께 베르사이유에서 열린 대규모 좌파 회의에 참석한 일, 아프리카 오지에서 가나의 이주 노동자가 가져온 고물 트랜지스터 라디오로 68 학생혁명 소식을 들었던 일, 프랑스의 풍요로운 거리를 보며 아프리카의 고생스런 생활로 돌아가는 것에 몹시 갈등했던 일, 몽수리 공원 근처에서 초창기 여성해방운동 모임에 몇 차례 참석했던 일들 회상하기, 선물로 받은 모든 것 간직하기, 지각할 각오를 하고 관광객이나 길 잃은 사람들을 친절하게 안내해 주기, 손으로 글쓰기, 예정된 만남, 아직 다듬어지지 않은 논지의 세부사항 또는 아이디어를 발표하는 가장 훌륭한 방법에 대한 생각에 골몰하기, 차茶를 준비하기, 즉흥적인 저녁식사 자리 마련하기, 응급실에서 혼수상태에서 깨어나 정신을 차리고 마지막에 있었던 일을 잠시 생각하기, 아이가 행복할 때 함께 행복해 하기, 스펀지 같은 감수성 갖기, 혹독한 시련을 겪고도 겉으로 드러내지 않기, 치통에서(온갖 병에서) 해방되기, 문을 열 때나 계단을 오를 때 삐걱 소리내기, 또는 석판에 분필로 지익 긋는 소리내기, 뭔가를 상상 속에서 또렷하게 그려보기, 아마추어 자전거 경주에 참가했던 어머니가 유니폼 차림으로 자전거 옆에서 포즈를 잡고 찍은(지방지에 실린) 촌스러운 사진을 그로부터 60년 후에 꺼내보며 애지중지하기, 큰 업적을 남기기에는 무능력하다고 느끼는 것, 자신의 능력에 대해서 언제나 의심하고 이미 받은 칭찬의 진실성에 대해 염려하는 것(우리는 얼마나 겸손에 길들여져 있는지요!), 나의 별자리는 전갈좌이고 상승궁은 게좌라는 것을 알았을 때, 심심풀이로 별자리 운세를 읽는 것, 신문사에서 독자의 관심을 끌 목적으로 내 인터뷰나 원고에 맘에 들지 않는 제목을 붙여 놓은 것을 보고 짜증내기, 갑자기 빈털터리가 되지는 않으려고 뿌듯한 마음으로 상자 속에 2유로 짜리 동전 넣어두기, '식량 배급'으로 결핍에 대한 두려움이 생겼을 때, 특히 아이들과 함께 있을 때 자동차에 기름이 떨어지거나 밤이 되기 전에 호텔을 찾지 못하면 어쩌나 걱정할 때, 학교에서 딸을 기다리는 것, 그 아이의 간식을 준비하는 것, 둘 다 서툰 솜씨로 그림을 그린 편지를 주고 받는 것, 잠자는 미녀 놀이 하기, '매일 이렇게는 못해요.'라는 광고[9] 보며 웃기, 유머러스한 이야기들을 도저히 기억해내지 못할 때, 남자 형제를 신뢰하고 함께 있으면서 지루한 줄 모를 때, 자신의 의견을 너무 고집해서 아둔하게 보이지 않기, 이런 저런 이유로 스스로 우월하다고 생각하는 인간들에게서 찾아볼 수 있는 냉랭한 어조 – 거칠고 상스럽고 무례한 태도 – 건방진 시선 – 타인을 배려하지 않는 태도 혐오하기, 모든 사람에게 같은 방식 – 같은 어조 – 같은 언어로 말하고 행동하기, '친절'이라는 단어는 큰 미덕이라는 점을 염두에 두기, 인간의 불행을 외면하지 않기, 고용관계에서 우정을 유지하기, 직장에서 개미굴을 보고 있는 듯한 느낌에 빠져들기, 들판을 걷고 있는데

메뚜기들이 놀라 뛰어오를 때, 갈색 다람쥐들이 어디에 살고 있는지 아는 것, 정원 철창문의 큼직한 열쇠 갖기, 테라스의 돌 틈으로 잡초가 자라도록 내버려 두기, 한련꽃덩굴성 한해살이 풀로 6월에 붉은색, 오렌지색, 크림색, 노란색 꽃이 핌이 없는 정원은 생각할 수 없을 때, 손가락 위로 무당벌레 기어가게 하기, 우유를 불 위에 올려 놓고 데우다가 딱 적당한 순간에 내려놓기, 옛날 어머니의 조리법 대로 버터 넣은 초콜릿 무스 만들기, 레드와인 소스를 친 계란요리 그리워하기, 눈속임 마술을 보며 순진하게 감탄하기, 멋진 공연에 넋을 잃기 또는 훌륭한 연설에 매료되기……

9월 4일

…… 저 아래쪽에는 바다가 있고 반대편에는 과수원이나 꽃으로 가득한 마당이 있는 친한 친구들의 시골집에 초대받는 것, 그 집 종조부 조제프의 베르생제토릭스 식 수염코 밑에서 양쪽 아래로 길게 기른 수염[10]과 나이 든 사촌 피에르가 1914년에 독가스를 맡아 쉰 목소리가 앙리 이레네 마루프랑스의 역사학자의 기관절개술을 받은 목소리처럼 퍽 근사하다고 생각했을 때, 그랑발의 랭베르디프랑스 오베르뉴 지방에 속한 지명에서 큰 테이블 주변 벤치에 얌전히 앉아 있는 사촌 니니의 개와 고양이들과 함께 비스킷을 공평히 나누어 커피(취향에 따라 우유도 넣어)와 함께 맛보았을 때, 랭베르디를 마녀들의 소굴로 묘사한 앙리 푸라프랑스의 저명작가의 작품을 읽은 것, 알렉상드르 비알라트소설가, 칼럼니스트와 그

의 재치 있는 칼럼을 좋아하는 것, 길게 기지개 켜기, 머리를 팔로 괘고 낮은 탁자에 발을 올려놓을 때(다리의 길이 때문에 미국 영화에서처럼 발을 책상 위에 올리는 것은 불가능하지만!), 구두창에 성냥 긋기나 험프리 보가트처럼 환상적으로 권총 잡기에 언젠가는 성공하기를 바라는 것, 영화 〈내일을 향해 쏴라〉-〈키스 미 데들리〉-〈놀랍도록 줄어든 사나이〉-〈해적선장과 소녀〉-〈죽음〉 다시 보기, 라디오 방송 '유럽 1'에서 매일 오후 다섯 시에 하는 독서시간에 몰리의 독백[11]을 귀 기울여 듣기, 마감 일자에 쫓겨 불안해하기, 세 살 적부터 모든 그림을 꼼꼼히 들여다봤던 마뉘프랑스프랑스 최초로 통신판매 방식을 채택한 기업 카탈로그 넘기듯이 도서관 목록 뒤지기, 첫 눈에 보기에 괜찮아 보이는 책을 몇 장 넘기면서 냄새를 맡은 후 첫 줄부터 마지막 줄까지 다시 읽기, 프로크라스티나시옹'다음 날로 미루는 버릇'이란 의미같은 새로운 단어 알기, 치이타가 중상을 입은 형제를 발견하고 그 주변을 맴돌면서 몰아 부치자 부상당한 놈이 상대를 쳐다보면서 발발 떠는 모습을 텔레비전에서 보고 눈물 흘리기, 공포로 비참해져 꼼짝 못하는 체키 카리요스페인 유태계의 프랑스 배우 앞에서 곰이 두 발로 일어나는 순간 기다리기장 자크 아노 감독의 1988년 작 〈곰〉의 한 장면, 레오나르도 디 카프리오가 저수탱크 꼭대기에 오를 생각만 하는 멍청한 사춘기 소년으로 나오는 것라세 할스트롬 감독의 〈길버트 그레이프〉의 한 장면을 봤을 때 또는 로버트 드 니로가 작은 방 안에서 혼잣말(그 유명한, "나한테 하는 말이요?")을 하는 장면마틴 스콜세지 감독의 〈택시 드라이버〉 중을 보고 아연실색했던 일, 인파를 헤치고 인적 없는 지하철 승강장에 이르렀을 때, 천둥이 치는 가운데 폭우를 맞으며 달리다가 다행히 차양 아래 몸을 피할 때, 짭짤한 캐러멜 맛보기, 알비다 아카시 나무아프리카에서 자라는 키 큰 나무가 있는 숲이나 넓은 공원 – 사막이나 염전 – 맹그로브 나무숲이나 레 동브프랑스 중부 앵 도에 속한 지대. 천 개가 넘는 연못이 독특한 자연환경을 이루며 다양한 조류 서식지로 유명함를 지나가기, 아티초크 꽃이나 유칼립투스 씨앗의 모양과 색깔을 떠올려 보기, 시드니로부터 당도한 전화 목소리의 경로를 마음 속에 그려보기, 지각이 잦아질 때 안절부절못하기(늦게 일어나서, 택시를 못 잡아서, 차가 막혀서…), 떠돌이 대장장이의 작업 지켜보기, 뤽상부르 공원의 명물 당나귀나 염소가 방울소리를 울리며 지나가는 것 또는 공화국 기마 위병대나 시골길을 달리는 구형 자동차가 단체로 출행하는 것 구경하기, 오디 따기, 성난 황소나 사나운 거위 또는 문지기 개 피하기, 분하게도 호기심 많은 암소가 남들이 탐내는 셉 버섯을 한입에 냉큼 삼키는 꼴을 보기, 얼굴을 붉히고 후회하기, 그러리라 짐작 못하는 누군가를 은근히 사랑하기…, 식당에서 음식 나누어 먹기, 외국에서 뭔지 모르는 음식 주문하기, 고가구에 윤내기, 마일즈 데이비스나 텔로니어스 몽크의 재즈 음악을 아무리 들어도 지루하지 않을 때, 여성 혐오자를 그가 쓰는 말투로 똑같이 나무랄 때, 마음에서 우러나오는 순수한 호의로 외할머니의 와인 잔에 오렌지꽃 향을 부었는데 와인 맛이 이상해 진 것을 안 할머니가 "에티엔(할머니의 사위), 이 와인은 정말 마실수가 없네!" 하셨을 때, 통화 중 갑자기 혼선이 되어 모르는 사람들의 대화를 듣게 되었을 때, 할머니들이 하는 길고도 긴 집안 이야기를 듣는 것, 호쿠사이고갱, 고흐, 모네 등에 영향을 미친 일본 화가의 작품이나 무어인들이 바닥이나 성벽에 사용한 푸른 문양의 도자기 벽돌 또는 토인들이 허리에 두르는 단출한 옷을 보고 감탄하기, 아프리카 팔찌 한 바구니 갖기……

9월 6일

…… 하얀 바지 위에 갑자기 붉은 얼룩이 묻을까 불안해하며 조심하다가 때 맞춰 집으로 돌아오기, 입을 대지 않고 병의 물 마시기, 바구니에 원하는 과일 담기, 밖에서 안이 들여다 보이지 않게 색유리를 끼운 자동차 타기, 포도나무 가지로 만든 손잡이가 달린 병따개로 '뻥' 소리 나게 와인 병 따기, 반딧불 잡기, 거리에서 할머니의 향수 냄새 살짝 맡기, 〈당나귀 공주〉자크 드미 감독의 1970년 작 뮤지컬 영화에 나오는 의상들을 보고 감탄하기, 길고 날씬한 다리 또는 무릎에 예수를 안고 있는 이탈리아 마돈나 상들의 슬픈 분위기, 틸다 스윈튼영국의 여배우처럼 멋진 금발머리를 갖게 되는 꿈꾸기, 발표 내용을 전혀 이해하지 못했는데 클로드

레비 스트로스선생[12]이 느닷없이 할 말이 없냐고 물어왔을 때 그 자리에서 죽어버리고 싶었던 날, 그 누군가에게 다시는 이런 짓을 하지 않겠다고 스스로 다짐할 때, 고통 중에 있는 영혼을 위로하기, '마롱 글라세'프랑스에서 주로 연말연시에 선물로 주고 받는 고급 당과류를 선물로 받기, 에베르토 극장에서 공연한 장 콕토의 희곡 〈쌍두 독수리〉에서 에드위주 푀이에르프랑스의 유명 여배우와 멜빵 달린 짧은 가죽 바지를 입었는데도 전혀 우스꽝스러워 보이지 않았던 장 마레를 보았을 때, 생 농 라 브르테슈파리 근교 이블린에 위치한 지역에서 노란수선화 꺾기, 하루는 진짜 염소의 악취와 맞닥뜨렸을 때불어에서 'bouc'는 '염소' 또는 '악취가 나는 사람'을 일컬음, 인생의 단계를 여자와 남자로 구분해 그려놓은 두 장의 옛날 그림을 몇 시간 동안 들여다보았을 때,[13] 아버지의 멋진 모습 특히 그 크고 믿음직한 손에 압도되었을 때, 눈을 감고 사랑하는 사람의 관자놀이 부근 머리카락에서 나는 담배 냄새 또는 바다 냄새를 길게 들이마시기(그의 동의하에), 눈가에 예쁜 파란색 라이너 그리기, 나를 만나서 너무 감격스럽다고 눈물을 흘리는 아가씨를 보고 놀라기, 시험 삼아 달팽이의 뿔 건드려 보기, 부주의로 팔꿈치에 감전되기, 싱그러운 청소년들이 무리지어 있는 모습에 경탄하기, 무궁화 꽃이 활짝 핀 모습과 그 색깔을 넋 잃고 바라보기, 마흔이라는 숫자가 풍기는 딱 떨어지는 단호함 때문에 마흔살이 쉰살이나 예순살 보다 더 늙은 것 같이 생각되었을 때, 근심이 있을 때, 짝이

맞지 않아서 또는 부주의로 연체 되었거나 체면 때문에 내야 하는 푼돈에 겁먹기, 관심가는 사람에게 칭찬받기, 무슨 일을 막 해 놓고 바보 같이 좋아하기…….

9월 10일

…… 위대한 작가들의 작품은 다 읽지 못했어도 어린 시절 처음 정식으로 읽은 책에 나오는 앤틸리스 제도의 신비로운 산을 감미롭게 기억할 때, 1946년에서 1950년에 걸쳐 소르본느에서 열린 콩쿠르 제네랄[14]전국 고등학교 학력경시대회 시상식 때 파리 고등학교 연합 합창단 오케스트라를 지휘했던 지휘자 샤를르 앙드레 쥘리앵 브링을 사모했던 일, 항생제가 없던 시절 성홍열을 앓는 동생과 장애인 기숙사에서 두 달을 지냈을 때, 생테티엔느의 쿠르 세비녜에 있던 생 샤를르 수녀원에서 몇 년을 지냈을 때, 고독을 만끽하기, 흥분의 도가니에서 빠져 나오기, 구도는 잡을 수 있지만 그림은 전혀 그릴 줄 모른다는 것, 이미 죽은 사람들의 이야기를 하면서 그들이 살아 돌아온 것처럼 느낄 때, 소심함–

게으름-뜸들이기-자신 없음-불성실함-욱하는 성격-굼뜸-식탐-내일로 미루는 습관-기존 관념을 깰까 봐 두려워하는 마음… 그 밖의 단점들 때문에 욕을 먹을 때, 어떤 친구가 감정적으로 고통스러웠던 일을 설명할 때 사용한 '의심스럽다'는 형용사의 뜻을 이해하면서 신뢰가 없이 어떻게 살 수 있을까 생각했을 때, 육체적인 고통이 가셨을 때면 가끔 마음이 아플 정도로 절대적인 행복감을 느꼈던 일, 일상사에 너무 무관심해서 전화로 날씨가 맑다거나 비가 온다거나 말을 해줘야 창 밖을 내다보는 사람을 알게 되었을 때, 할머니처럼 가혹한 심판을 내리며 다음과 같은 재미있고도 함축적인 표현을 마음속으로 써 보는 것 : 소문난 인간 말종, 맹해 빠진 놈, 얼간이, 동네 나팔, 콧대가 머리 꼭대기에 달린 인간, 날로 먹는 녀석, 쌈닭, 덩치만 큰 허당, 치마 두른 남자(여장부), 희한한 물건, 궁둥이도 없으면서 방귀는 더 크게 뀌는 놈, 행복한 바보, 뻔뻔녀, 나쁜 놈, 혼구멍을 내 줄 녀석, 공주병 걸린 여자, 늙다리 구렁이, 키다리 얼간이, 빵덕 어멈, 한 대 쳐주고 싶은 인간, 걸레, 교활한 사기꾼, 알랑방귀 뀌는 여자, 땡전 한 푼 없는 빈털터리, 멀거니 하늘만 바라보며 시간 죽이는 인간, 신발짝이나 질질 끌며 빈둥빈둥 돌아다니는 녀석, 머릿속에 뭐가 들었는지 어떤 종류의 인간인지 스스로 증명해 주는 녀석! …, 여기서 또한 내가 조부모님과 같은 범주의 사람으로 분류된다면 마음속으로 항의하기, 주름이 많지 않은 것에 기뻐하고 보기 싫은 흉터자국에 애통해 하기, 갓난아기를 보며 작은 손–동그란 눈–윤곽이 또렷한 입술을 통해 아기가 세상을 알게 되고 사랑하게 될 것이라는 사실에 경탄하기, 가끔씩 마르시니프랑스 부르고뉴 지방에 위치한 중세의 유적이 남아 있는 유서 깊은 마을의 양과 염소를 파는 시장에 가기, 생선의 싱싱한 눈–다채로운 과일들–캉탈 치즈–허브 좋아하기, 풍성하게 진열되어 있는 철물–수예 재료–장식용 끈들의 목록을 신나게 작성하기, 누군가에게 깜짝 선물을 선사할 즐거움에 들뜨기, 이야기 들려주기, 큰 소리로 읽기, 회색 털의 수줍음 많은 오베르뉴 암고양이 룰레트–고집 세고 수다스러운 푸른 샴 고양이 쥘리–영악한 줄무늬 브르통 고양이 프티트 메르–연한 분홍 줄무늬에 날씬한 가슴팍을 가진 그의 아들 미첨 이렇게 네 마리의 고양이를 사랑하며 키웠을 때, 마흔 여덟 개의 사과 파이–초콜릿 빵–건포도 빵–팔미에 과자–브리오슈 빵으로도 먹보 염소 한 마리를 만족시키지 못했을 때, 언니와 사촌과 함께 시골 염소에게 럼주가 들어간 크림을 먹여 완전히 취하게 만들었을 때……

……회오리 같이 몰아 닥친 긴 정신적 위기에서 벗어날 무렵 여기서 빠져나가면 참 좋을 거라고 생각했을 때, 6월에 내리는 뜨듯한 첫 비를 맞으며 어린애처럼 몸을 흔들며 좋아하기, 적어도 한 달에 한 번은 둘만의 새로운 공간을 찾아 떠나기, 데이지 꽃으로 덮인 들판에 누워 땅이 푹 꺼지는 것 느끼기.

9월 15일

……〈카이에 뒤 시네마〉1951년 창간된 프랑스의 권위있는 영화 잡지 총서를 손에 넣었을 때, 모자걸이 마네킹을 갖지 못한 것 후회하기, 붉은 모자를 좋아했다가 그 다음엔 검정 또 그 이후엔 파란 모자 쓰는 것을 좋아했던 일, 9·11 테러가 일어났을 때 트윈타워에서 떨어져 내리던 조그만 '점'들을 보며 숨죽이고 오열했을 때, 새로 고친 옛날 장난감에 열광하기, 르망의 레네트 사과 맛-살이 갈라져 단물이 떨어지는 살구의 맛-포도밭에서 재배한 복숭아의 맛-구즈베리의 맛 그리워하기, 우리집에서 만들어냈거나 일부 지방에서만 쓰는 단어나 표현을 거리낌 없이 사용하기, 수수께끼나 퀴즈의 정답 맞추기를 포기하기, 가끔은 영 세상

물정을 모르지만 거기에 별로 불만은 없을 때, 시몬느 드 보부아르의 《제 2의 성》에 대해 "여자가 쓴 것 치고 나쁘지 않아."라고 말하는 몰상식한 사람 때문에 분통이 터질 때, 그리고 몇 마디 안 되는 말로 그 하찮은 존재의 콧대를 꺾어 놓을 때, 큰 폭풍으로 훼손되기 전의 보델리오 공원브르타뉴 지방의 말랑삭에 있는 아름다운 공원 숲길을 걸었을 때, 고릴라 흉내를 내는 아버지를 보고 박장대소했을 때, 마리오 바바 감독의 〈사탄의 가면〉 첫 장면을 보고 무서워 소리 질렀을 때, 기욤 라도 감독의 호러 판타지 영화 〈말브뇌르 가문의 늑대〉 때문에 오랫동안 악몽에 시달린 일, 혼자서 어떤 일들을 떠올리며 배꼽 빠지게 웃거나 목 놓아 울기, 라 피티에 병원파리 13구에 있는 종합병원의 내과 병동에서 내집 같은 편안함을 느꼈을 때, 수두에 걸려 몸을 긁지 못하도록 손목을 결박당했을 때, 묵주를 만들면서 소를 돌보았을 때, 미레트와 함께 덩치 큰 셰퍼드 비주의 등에 올라 산책을 했을 때, 어린아이의 눈에는 죄 없는 암탉에게 달려들어 괴롭히는 것으로만 보였던 수탉의 등을 막대기로 때렸던 일, 암고양이 쥘리를 빼고는 다른 동물들의 출산을 한 번도 지켜보지 못한 것 후회하기, 사촌 프랑수아와 리브라두아의 레스피나스에 있는 마리 프리테르의 집에서 점심으로 최고로 맛있는 수제 소시지–야채를 곁들인 오베르뉴식 돼지고기 야채 스튜–완두콩을 곁들인 비둘기 고기–양파와 포도주를 넣은 토끼고기 스튜(사촌이 직접 덫을 놓아 잡은)와 호두 기름에

튀긴 알감자-수아송산 흰콩을 곁들인 오븐에 구운 '정육점' 송아지 고기-샐러드-수제 염소치즈-비스킷을 곁들인 포도주에 절인 배-사과파이와 (휴!) 커피-마르멜로 술을 먹었던 일(너무 먹어 기진맥진했지만 그만큼 행복했음!), 회오리 같이 몰아 닥친 긴 정신적 위기에서 벗어날 무렵 여기서 빠져나가면 참 좋을 거라고 생각했을 때, 밤중에 간호사를 계속 불러대면서 정신 나간 사람을 진정시키려 했던 일, 거세게 리듬을 타며 일렁이는 물결에 정신을 빼앗겨 인생의 유한성을 망각하기, 어둠 속에서 전등을 찾아 더듬거리며 가기, 깔깔하고 얇은 모슬린 원피스를 보며 지난 수 십 년을 추억하기, 영화 〈시에라 마드레의 황금〉을 보고 돌 밑에 손 집어넣기를 주저하게 된 일, 또 패트리샤 하이스미스미국의 소설가의 소설을 읽고 이름과 주소가 쓰인 봉투를 길가의 쓰레기통에 버리지 않게 된 일, 우리가 모르는 사람은 무턱대고 같은 시대 사람이 아니라고 생각하기, 다리에 가시가 박혔거나 고슴도치의 가시에 콧방울을 찔린 사자는 자기 몸에 문제가 생겼다고 여길 것이라 생각하기, 스피커를 통해 자신의 목소리를 듣는 것, 만성절매년 11월 1일 모든 성인들을 기리는 가톨릭의 명절에 소도시의 묘지 분위기에 젖어 들기, 일명 묘지 파는 인부인 프랑켄슈타인을 직접 만나기, 해 질 녘 베르티냐오베르뉴 지방의 마을의 고지대에 위치한 묘지에서 나오기, 어미 염소 한 마리의 젖을 빨려고 몰려들다가 젖꼭지를 차지하지 못한 새끼 고양이와 새끼 돼지들 돌보기, 불빛이 반짝이는 거리를 따라 이리 저리 돌아다니던 일 추억하기, 어떤 상황을 모면했지만 그 속에서 일어날 뻔 했던 일들을 걱정스럽게 되새겨 보기, 수레나 링거걸이의 작은 바퀴가 잘 돌아가지 않아 절망적으로 씨름하기, 움직이지 않는 물건이나 그 밖의 사물들이 내 맘대로 되지 않는 것에 진저리 칠 때, 남동생이나 언니 – 남편 – 딸과 서로 과거의 어떤 일에 대해 다르게 기억하고 있을 때 그 차이점 알아내기, 인간의 적응 능력에 놀라워 할 때, 어떤 이들의 탁월한 어리석음 – 허세 – 자만 – 비겁함 – 심술 때문에 속으로 부글부글할 때, 갓난아기들에게 하는 의미 없는 이상한 말에 대해 거부감이 들 때, 자신의 영어 발음 때문에 얼굴 빨개지기, 목소리만 듣고 사람을 상상하기, 존 길버트무성영화 시대의 스타로 군림했던 미국 배우처럼 목소리가 별로여서 갑자기 사라진 무성영화 스타들을 동정하기, 낮거나 머뭇거리거나 정확하거나 희미한 또는 다정하거나 웃음기가 있거나 부드러운 목소리를 좋아하고 그 목소리마다 생김새와 나이를 맞춰보는 것, 노란색 컨버터블 피아트를 타고 이탈리아에서 돌아오기, 딱 적당한 시기에 역공하기, 덧창이나 창문을 활짝 열어 맞바람 치게 하기, 감기에 걸린것 같아 오한이 느껴질 때, 문이 쾅 닫혀 깜짝 놀랄 때, 널어놓은 이불 호청이 바람에 말려 올라가는 것을 보기, 르동브르타뉴 남부에 있는 마을의 단독 주택가에 핀 아름다운 등나무를 보고 감탄하기, 동네 역의 차분한 정면 벽을 다른 곳에서 또 발견했을 때

반가워하기, 가끔은 진짜 새를 위협하기도 하지만 큰 새처럼 보이는 풍력발전기가 아름답다고 생각하기, 나의 성에 대해서 기본적으로 만족하지만 다른 성을 가진 사람 또한 사랑하기, 수개월 동안 집을 비웠다가 돌아왔는데 침대 속에서 회색 쥐의 보금자리를 발견할 때, 천정을 돌아다니는 들쥐에게 욕하기, 까마귀들이 올빼미 둥지를 공격하는 것을 무기력하게 바라본 일, 겨울에 새들의 먹이로 비계와 곡식을 담은 접시를 나뭇가지에 올려 놓고 봄이 되어 빈 접시를 발견할 때, 입술을 말리고 폐를 태우는 서아프리카의 건조 열풍 하르마탄 견뎌내기, 6월에 내리는 뜨듯한 첫비를 맞으며 어린애처럼 몸을 흔들며 좋아하기, 우아이구야 서아프리카 부르키나 파소의 북부에 있는 도시 에 있는 야탱카 나바 그 지역의 최고 통치자를 지칭하는 말 댁의 토담으로 둘러싸인 마당 안에 바퀴 없는 메르세데스 자동차가 아이들의 장난감이 되어 있는 모습 보기, 아프리카 오지 할머니들이 이 이상한 사람이 남자인지 여자인지 확인해 보고 싶어 바싹 마른 손으로 조심성이라고는 없이 아주 가까이 다가와서 나를 만졌을 때, 시몬느 시몽 프랑스 여배우 처럼 되고 싶었던 때, 멋을 부리기에는 몸집이 너무 작은 것, 백치처럼 풍만하기만 한 몸매 앞에서 아연실색하기, 욕조에 몸 담그기를 좋아하지 않는 것, 스테파니를 제외한 미용사들의 커트 실력 믿지 못하기, 〈건지 아일랜드 감자껍질 파이 북 클럽〉같은 서한체 소설 형식을 좋아하는 경향, 살랑이거나 졸졸거리는 것–속살거리는 것-종유석을 따라 반짝이며 흐르는 물방울들처럼 귀에 와 닿는 소리들을 유독 좋아하기, 친구나 연인에게 충실하고 소신을 지키며 사는 것, 대단한 환희와 함께 걱정도 솟아날 때, 연극을 보고 난 후 뷔시 길파리 6구에 위치한 길로 시장과 식당이 모여 있음에서 돼지 귀 요리로 밤참 먹기, 바겐세일 분위기 싫어하기, 자신이 코를 골고 있음을 화들짝 깨달을 때, 매킨토시 사용 중에 사소한 문제를 해결했다고 해서 너무 좋아하지는 않기, 운전면허가 가장 따기 어렵고 만족도가 높은 졸업장이라는 사실 깨닫기, 여자들 사이의 우정에 기쁨을 느낄 때, 어떤 사진이나 물건을 끔찍하게 아끼기, 수고를 많이 했거나 뭔가에 승리했을 때 그에 대한 보상으로 로셰 프랄리네 초콜릿설탕에 졸인 편도가 든 돌맹이 모양의 초콜릿을 두 입에 먹어 치우기, 머리 감기 위해 빗물 모으기, 비행기 시간에 늦었을 때 검표원이 쇠사슬을 쳐놓은 플랫폼 뒤로 버스를 쫓아 뛰는 걸 너무도 좋아했던 일, 성난 고양이의 코 위에 세게 뽀뽀하기, 사랑하는 사람과 지구 저 편(그러나 아주 정확한 장소에서 여섯 달 후에)에서 만나자는 약속을 했지만 그 장소가 없어져 찾지 못했다가 휴대폰이 없던 시절이었음에도 결국엔 만났을 때, 여행 중에 우연히 숙박했던 장소의 목록 가지고 있기, 적어도 한 달에 한 번은 둘만의 새로운 공간을 찾아 떠나기, 불쑥 불쑥 프랑스어가 튀어 나오는 와중에도 외국어로 대화를 이어 나가 보려고 시도하기, 그곳이 어디가 되었건 혈거인穴居人들의 집 좋아하기,

4월의 어느 아침에 분홍색 바지를 입고 의기양양하게 햇살이 내리쬐는 생 자크 길파리 5구에 위치한 파리에서 가장 오래된 길 중 하나로 걸어 내려갔을 때, 열기를 뿜듯이 기쁨을 표출하기, 쇠채산기슭 양지와 바닷가 풀밭에서 자라는 국화과의 식물의 껍질을 벗기느라 손가락이 까매질 때, 청중 가운데서 뽑은 한 사람을 위해서 말하기, 사랑하는 사람들이 제 시간에 오지 않을 때 초조하게 기다리기, 비유적인 의미로나 또는 실제로 팔을 걷고 나서기, 날아가는 공 잡기, 달걀을 불빛에 비춰 검사하기, 밤 껍질 까기, 복잡한 가계도를 음미하며 다른 집안의 가계도 또한 자신의 것만큼이나 훌륭하다는 것을 기억하기, 커다란 마리오네트인형극에 쓰는, 줄로 조정하는 인형 좋아하기, 웨스트 코스트 재즈백인 재즈 뮤지션들이 발전시킨 재즈와 '트럼펫을 든 청년' 빅스바이더백뉴올리언즈 재즈를 대표하는 백인 재즈 뮤지션의 재즈 열렬히 좋아하기, 육중한 나무문이 달려 있고 깊이감이 느껴지게 늘어 선 기둥과 높은 천정이 있는 피테르 얀스 산레담네덜란드의 화가, 동판화가의 하얀 성당 그림에 푹 빠지기, 보라색 아이리스를 그린 반 고흐의 두터운 물감 터치에 사로잡히기, 3대째 대를 이어 온 로안의 트루아그로 식당에서 3대와 모두 함께 저녁 식사 했을 때, 감초와 바오밥 생잎소스를 넣은 조죽 먹기, 네 번째 교정에서 오자 발견하기, 눈보라에 얽힌 이야기 읽기, 팔을 늘어뜨리고 허공을 바라보며 아무 것도 안하고 앉아 있기, 휴식 중인 크레인-황량한 공장지대-폐쇄된 도로의 아름다움을 느껴보기, 말을 너무 빨리 한 것 또는 천천히 자기 생각을 말하는 사람들의 말을 빨리 끝내버리고 싶은 마음이 들었던 것 후회하기, 아리스 므멜 포트코트디부아르 출신의 인류학자 기억하기, 엑토르 말로의 소설 《집 없는 아이》를 읽고 눈물을 흘렸던 일, 그 책에 나오는 레미와 비탈리 그리고 동물들 추억하기, 공격적인 럭비 경기에서 선수들이 공격선으로 몰려 나왔을 때 후방 패스의 성공에 갈채를 보냈던 일, 아프리카의 전통 흙집에서 오래 살아본 일, 캠브리지의 시장에서 토속적인 접시를 샀던 일, 영화 〈다크 패시지〉에서 애그너스 무어헤드가 창문을 통과하기 전에 부는 짓궂은 휘파람 소리의 진가 인정하기, 시골의 부엌에서 잽싸게 지나가는 조그만 회색 생쥐 힐끗 보기, 나일강에서 펠러카선지중해 동부, 나일강, 홍해 등지에서 사용하던 돛배을 타고 바람을 거슬러 항해했던 일, 거기서 필레섬나일강에 위치한 섬 복구 작업을 보았던 일, 이탈리아 마레티모 항구에서 보았던 거대한 아구의 괴물 같은 모습, 그리고 축복받은 순간이었던 그 여행을 추억하기, 데이지 꽃으로 덮인 들판에 누워 땅이 푹 꺼지는 것 느끼기, 코르시카의 시골 마을 프뤼네트에서 호박꽃 튀김을 먹었던 일, 어린 시절 생테티엔느에서 옛날 화덕에 검은색 쇠틀을 올려 연달아 찍어낸 하트 모양의 와플을 먹었던 일, 첫 강의 때 첫 마디를 하며 울음을 참았던 일, 콜레주 드 프랑스[15]프랑스의 고등 교육, 연구기관에 유럽학과를 만들면서 움베르토 에코를 초빙한 일, 그래서 많은 사람들 앞에서 그 이름에 어울리는 대강의실은 커녕 소강의실도 없다는 사실을 행정부처가 확인하게 만든 일(그 이후 르네상스시대 프랑스의 작가 마르그리트 드 나바르의 이름을 딴 대강의실이 생겼음), 샤이오 극장 무대 위 단상에서 장 보티에 원작의 연극 〈만드라고라〉를 본 일, 그곳에서 연극의 주인공이었던 전설적인 배우 제라르 필립 가까이로 다가갔던 일, 환하게 비치는 구름 사이로 빛나는 달을 바라 보았던 일, 투르농에서 보낸 즐거웠던 시절 기억하기, 리차드 라이트-체스터 하임즈20세기 중반 고향을 떠나 파리에서 활동한 미국의 흑인작가들 – 슬림알제리 만화가 기억하기, 전후에 크리스티앙 디오르가 선보인 아래쪽이 퍼져 빙글빙글 도는 드레스와 몸에 딱 붙는 드레스 추억하기, 프랑수아 트뤼포의 영화와 여배우 델핀 세리그의 독특한 목소리를 좋아했던 일, 캐러벨15세기 초반 포르투갈인들이 제작한 마스트가 세 개 달린 선박을 타고 여행하며 아프리카의 우아가두구까지 세 번이나 기항한 일, 전화 설치를 위해 2년을 기다린 일, 지하 압축 공기관을 통해 파리로 보냈던 속달편지들[16], 교황이 선출된지 두 달 만에 서거했을 때, 재즈를 듣기 위해 마스페로 서점이나 재즈 클럽 카보에 가려고 위셰트 길 걷기, 마일즈 데이비스를 만났던 일, 한 시대의 특징을 이루는 하찮은 일들 기억하기, 어떤 단어들을 말할 때 입안에서 느껴지는 그 농도와 울림을 사랑하는 일, 절대로 쓰지 않는 엄청난 수의 스카프 간직하기, 드니즈 폴므프랑스의 민족학자이자 인류학자의 크리스털 잔 여섯 개를 상속받은 일, 애정이 넘치는 어떤 부모가 딸에게 생일선물로 나를 만나게 해주었던 일, 얼굴도 모르는 팬들의 편지로 위로 받고 또 위로 받았던 일, 섬세하고 사려 깊은 프랑시스와 오랜 시간 대화를 나눈 일, 자지러지게 웃는 아기와 함께 간지럼 놀이하기, 이불보가 널려있는 창가에서 장미꽃이 담긴 바구니를 들고 성체성혈 대축일 행렬 구경하기, 코에 빨래집게를 꼽고 손으로 암소의 젖을 짜던 사촌 자매의 모습, 예쁜 통에 든 비시 트로치비시의 한 수도원에서 만들기 시작한 트로치 – 아니스 사탕 – 보주 트로치를 깨물어 먹는 것, 아기가 자라는 것과 노인들이 노쇠해 지는 것을 보는 것, 재미삼아 12음절 시구로 말하기, 발 드 루아르유네스코 세계문화유산에 속하는 루아르 강 유역 지역의 자연적 – 문화적 정취 만끽하기, 동그란 현창에 모두 불이 켜져 있는 대형 여객선을 마주 보는 것처럼 몽파르나스 역 위에서 살았던 일[17], 열렬하게 포옹하기, 에리히 폰 스트로하임 감독의 무성영화 〈퀸 켈리〉의 에로티즘과 마틴 스콜세지 감독의 〈순수의 시대〉에서 다니엘 데이 루이스가 타오르는 열정을 감추고 연인을 포기하는 모습에 충격 받았던 일, 영국 TV 시리즈 〈명탐정 푸아로〉에서 에르퀼 푸아로 역을 맡은 데이비드 서쳇의 거드름 – 리노 벤투라의 사내다운 모습 – 조소를 던지는 리차드 위드마크의 사악함 – 〈유령과 뮈어부인〉에 나온 진 티어니의 놀랍도록 상냥한 모습 음미하기, 〈황야의 결투〉

중 마지막 무도회 장면에서 등 떠밀려 왈츠를 추게 된 헨리 폰다의 어색한 몸짓에 마음 빼앗기기……

오래된 가구 고치기, 흐르는 세월에도 아랑곳없이 서 있는 인적 없는 오래된 카페를 보았을 때, 샘이 있는 몇 군데 비밀장소 알기, 계피를 뿌린 사과 설탕구이 냄새가 나는 집 안으로 들어가는 것…….

9월 23일

…… SF 소설 《듄》에 나오는 엄격하고 간결한 세계와 지하 성당들 좋아하기, 파리 남부 몽수리의 대형 저수조를 방문했던 일, 유리창에 부딪쳐 죽은 개똥지빠귀를 소생시켜 보려고 애썼던 일, 또 며칠 동안 그 장소로 다시 돌아오곤 했던 개똥지빠귀 파트너의 정신적(?) 혼란을 지켜보았던 일, 오래된 가구 고치기, 부모님이나 친구들의 도움을 받아 가장 큰 방 새로 칠하기, 스페인 코르도바의 크고 섬세한 이슬람 사원에서 내 집 같은 편안함을 느꼈던 일, 스페인의 도로 근처에서 하늘을 배경으로 뚜렷한 윤곽을 드러내며 걸어가는 거대한 검은 황소를 보고 경탄했던 일, 디기탈리스 꽃다발 만들기, 바람이 거세게 부는 날 콩코르드 광장 연단 위에서 다른 참석자들과 함께 분수대의 물세례를 맞으

며 프랑스 혁명 이백 주년 기념식에 참석했던 일, 프랑수아 미테랑 전 대통령과 함께 르 브리오네 지역의 성당들에 대해 이야기했던 일, 그 중 푸른 잔디밭 위에 지은 보지의 작은 성당의 매력에 늘 감탄하기, 크림을 넣은 오이 샐러드 맛보기를 거부하기, 시립 군악대 연주와 학년말 학예회에 참석하는 것을 아주 좋아하기, 미남 투우사 루이스 미구엘 도밍권을 그의 전성기에 만난 일, 미셸 푸코가 사망했을 때 마음이 굳센 사람들도 우는 모습을 보았던 일, 따끔거리는 건초더미 위에서 잠을 잤던 일, 장화를 신고 배낭을 맨 부랑자가 국수와 포도주 한 잔을 데우려고 소금과 더운 물을 청했을 때 베르티냐오베르뉴 지방에 위치한 도시의 시장인 카페주인과 그의 부인이 그 부랑자에게 베푼 크리스마스 점심 식사에 동참했던 일, 조사 현장에서 훌륭한 대화 상대를 만났던 일, 출산 도중 사망한 딸이 낳은 아기를 맡아 달라고 무릎 꿇고 애원하는 할머니를 매우 혼란스런 심정으로 일으켜 세웠던 일(결국 그분의 청은 이루어졌음), 적당한 속도를 내지 못하면 오히려 자동차가 망가질 만큼 거친 돌들로 만들어진 아프리카의 도로 위를 달린 일, 또 붉은 흙먼지가 이는 땅에 자연적으로 생긴 장애물들을 피하며 요리조리 지나간 자전거의 바퀴 자국이 만든 좁은 오솔길을 따라 간 일, (오해로) 죽음이 임박했다는 확신을 느꼈던 일, 글씨를 또박 또박 쓰려고 노력하기, 이브 생 로랑의 멋진 스모킹이나 잡지에서 얼핏 본 여신 같은 드레스를 동경해 보기, '마다가스카르 거미 앞다리 털의 점착 능력'이라는 박사 논문 주제를 보고 깜짝 놀란 일, 킹콩의 열정적인 사랑에 넋을 잃었다가 그런데 어떻게 그를 배의 작은 선창으로 들어가게 했을까 궁금했던 일, 포도나 수박 같은 과일의 씨 뱉기(아보카도 씨는 제외), 문제의 핵심으로 들어가기, 복잡한 무늬를 정확히 오려내기, 원고에 마지막 마침표 찍기, 파레 르 모니알프랑스 부르고뉴 지방에 위치한 도시의 도로 위에서 흐르는 세월에도 아랑곳없이 서 있는 인적 없는 오래된 카페를 보았을 때, 거기서 멀지 않은 디구앵 지역의 억양이 재미있어 웃은 일, 중학교 2학년 때 예의범절 수업을 받았던 일, 너무 심하게 웃다가 물에 빠질 뻔한 일, 벨기에의 왕과 함께 명예박사 학위를 받은 일, 정비소에서 나오다가 정지해 있는 차 두 대를 들이받은 일을 편안하게 기억하기, 조사 현장에 도착했던 매 순간, 황소좌의 여섯 개 별을 식별하는 법을 배웠던 일, 가시덤불 한가운데를 수 시간 동안 차로 달린 일, 아프리카 개미핥기처럼 이상한 동물을 보았던 일, 비로 무너져 내린 흙 지붕 아래서 흠뻑 젖은 채 밤을 세웠던 일을 감격스럽게 추억하기, 샘이 있는 몇 군데 비밀장소 알기, 기억에 남는 만남들을 즐거운 마음으로 되새겨 보기, 뭔가가 예상했던 대로 진행되었을 때 남몰래 쾌재를 부르기, 공기가 선선해져서 얇은 모직 옷을 입을 수 있을 때, 주변 사람들이 컴퓨터를 배운 이후 다시 젊어진 것을 보고 자극받아 25세의 컴퓨터 선생님을 채용한 일, 어머니가 마음은 언제나 스무 살이라고 말씀하신 것과 아버지가 나를 알아보지 못했던 것에 측은한 마음이 든 일, 매년 여름 가시양골담초를 넣은 마카롱 냄새를 맡는 것, 오베르뉴 지방의 퐁뤼트숲에 있는 월귤나무 근처에 갔다가 입술이 까매져서 돌아오기, 몰핀이 몸속에 퍼지면서 통증이 점차 사라지는 것을 느끼기, 로버트 그레이브스의 그리스 역사 소설 탐독하기, 이런 저런 방법을 동원하여 중단없이 학교를 다닐 수 있었던 일, 수에즈 전쟁 당시 하루에 작은 빵 한 조각이나 커피 한 잔으로 버티며 늘 굶주려 지냈던 일, 그러다가 황공하게도 어느 날 저녁 다이아몬드 세공사인 여자친구의 부모님 댁에서 식사를 함께 했던 일, 파리 오데옹 극장에 갔다가 1791년에 코르네이유-보지라르 사거리에 문을 연 〈프티 스위스〉에서 저녁식사를 했을 때, 튀니지의 제르바 섬에서 어깨를 드러내지 않은 내 드레스에 마음이 끌린 튀니지 남자가 청혼을 해온 일, 기사들이 그녀의 요구사항 때문에 번번히 기피했던 제르멘 디테렌프랑스 민족학자을 위해 택시 잡기, 동물의 두개골로 채워 규칙적인 굴곡이 있는 아프리카 전통 가옥의 높은 파사드 앞에서 도곤족의 호곤서아프리카 말리에 거주하는 도곤족의 영적 지도자에게 경의를 표하기, 파리 포르트 도레의 식민박물관에서 몇 시간 동안 북아프리카 도시 입체 모형의 섬세한 디테일을 보며 감탄하기, 여자친구와 함께 크루즈 여행하기, 낙타 등위에 한 번 올라탔던 일, 루쿰 사탕향료를 넣은 아랍 사탕과 꿀이 든 과자 좋아하기, 오타와의 인디언 박물관에서 까마귀 우는 소리 듣기, 토고의 길 가에서 약간 매운 고기 한 조각을 게걸스럽게 먹고 털을 쭈뼛 세우던 새끼 고양이를 생각하며 또 한 번 웃기, 파리의 하늘을 나는 제비들, 파리 시내의 클리시에서 몽소까지 이어진 이동식 놀이공원 추억하기, 향이 들어간 빵 맛보기, 스페퀼로스크리스마스를 앞두고 먹던 전통 과자의 유혹에 굴복하기, 계피를 뿌린 사과 설탕구이 냄새가 나는 집 안으로 들어가는 것…….

10월 10일

…… 비가 부슬부슬 오는 어느 겨울 저녁, 파리 성시에 도벙통 지하철 역 인적없는 출구에서 닭볏 머리에 닥터 마틴 워커를 신고 문 뒤에서 소란을 피우고 있는 세 명의 펑크족에게 길을 묻자 이 세 젊은이들이 "아녜요, 혼자서는 찾지 못하실 거에요. 게다가 혹시 모르는 일이니까" 라며 친절하게도 베르므누즈 광장 입구까지 데려다 준 일(바로 코 앞에 있는 곳이었는데도), 꿀 향기 나는 금빛 가죽을 씌운 고급 승용차 파셀 베가를 타고 이제 막 개통해서 차가 뜸한 서부 고속도로를 전속력으로 달렸던 일, 가끔씩 시골식으로 비계 넣은 수프에 포도주를 넣어 끓여 먹던 일, 전쟁 통에 구더기가 활처럼 동그랗게 구부린 몸통을 펴며 통통 튀어 나오는 사부아산 치즈를 먹었던 일, 피난을 가다

가 쉴리 쉬르 루아르에 멈춰서 아홉 살 난 언니와 함께 쉴새없이 지나가는 전쟁 포로들에게 물컵을 나누어 줬던 일(어른들에겐 금지된 일이었음), 열여섯 살 때를 회상하며 그 때 입었던 목 주위에 주름이 잡히고 둥그렇게 퍼지는 완두콩 무늬의 흰색 원피스 – 상체 부분은 몸에 딱 붙고 나팔처럼 퍼진 치마에 어깨에는 흰 색 모슬린 날개를 단 붉은 비단 원피스와 검은색 굵은 레이스에 목이 네모나게 파지고 몸에 딱 붙는 짧은 원피스 – 끈으로 여미는 금갈색 카디건과 밤색 벨벳 원피스와 가슴받이 모양의 두꺼운 검정 가죽 벨트 – 높은 은색 굽이 달린 진보라 색 무용 슈즈 기억하기, 물결무늬의 짙은 초록색 직물로 겉을 댄 육중한 부르고뉴식 장롱의 깊이감과 마주할 때, 그 안으로 들어가면 깊은 어둠에 빠지거나 아주 밝은 빛을 받으며 떠오를 것 같은 느낌이 들어 늘 조금 걱정되는 것, 머리속에서 지금은 세상을 떠난 몇몇 지인들의 목소리가 들려 깜짝 놀랄 때, 그리고 왜 하필이면 그 사람들의 목소리인지 이유를 알 수 없을 때, 손가락 장난하기, 강한 두려움이나 불쾌함 또는 충격을 받았을 때 속이 꽉 막힌 돌덩이가 된 것 같은 느낌이 드는 것, 동으로 만든 손잡이로 큰 나무문을 두드리기, 보델리오의 키 큰 포플러 나무 사이에서 눈을 감고 바람소리에 귀 기울이기, 그 바람이 얼굴을 스치는 것 느끼기, 얼굴에 머리카락이나 립스틱이 묻는 것 – 스카프를 목이 졸리도록 묶는 것 – 핸드백을 팔꿈치에 거는 것 – 살색의 속옷 – 몸에 너무 꼭 맞거나 겨드랑이가 불편한 옷 싫어하기, 누군가에게 칼이나 페이퍼 나이프를 선물했을 때는 우정에 금이 가지 않게 하기 위해서 동전 한 닢을 받아두기[18], 재기 발랄한 재치–유머–해학과 아이러니 즐기기, 하지만 빈정거림은 싫어하기, 특이한 것–몰상식한 것–부조화–번개처럼 지나가는 이상한 빛을 본능적으로 알아채기, 그뿐 아니라 축복으로 가득한 움직임–어여쁜 손짓–의자에서 일어나는 유연한 몸짓 알아보기, 깊은 생각에 빠져 있다가 시간이 너무 빨리 흘러 당황스러워하며 정신 차리기, 미국의 여배우 글로리아 그래함의 뾰족한 턱–빛나는 눈–끊이지 않는 미소 좋아하기, 시시각각 모습을 바꾸는 모래–허물어지는 땅–안으로 굽은 발–뒤로 걷기–멕시코 피라미드의 좁고 높은 계단 무서워하기, 호화로운 수국 꽃다발을 만들었던 일, 세상의 모든 갓난아기들이 "당신은 누구지?"라고 가만히 쳐다보며 말없는 질문을 할 때 미소로 답하기.

진심으로 친애하는 장 샤를르, 아시다시피 이 글은 수준높은 형이상학적 사색도, 존재의 덧없음에 대한 깊이 있는 성찰도, 꺼내기 조심스러운 사생활 이야기도 아니에요. 이 글은 그저 단순한 인생의 에피소드를 아름답고 은혜로운 보물로 만드는 방법에 관한 이야기입니다. 이 보물은 끊임없이 혼자서 자라나고, 우리는 거기서 매일 근원적인 가치를 재발견할 수 있지요. 그것이 그

다지 어려운 일은 아니잖아요? 이 들쭉날쭉한 감정의 잡동사니 안에는 분명 당신이 이미 맛보았고 또 언제나 맛보고 있는 느낌과 감동과 행복들이 있습니다. 그리고 당신에게는 앞으로 있을 모든 일에 동반자가 되어 당신을 응원하기 위해서라면 언제고 모습을 드러내는 순수한 추억이라는 양식이 있습니다. 저는 그것들을 있는 그대로 알아보는 법을 배웠습니다. 그것은 우리 인생의, 풍미로 가득한 푯말들입니다. 우리가 그것을 알아볼 때, 갑자기 인생은 우리가 생각하는 것보다 더 풍성하고 흥미진진해지지요. 그리고 특히 당신은 이 중에 그 어떤 것도 결코 빼앗길 염려가 없다는 사실을 알게 됩니다.

에필로그

-새로운 시작-

나는 이 편지의 수신인에게 어려울 것은 아무 것도 없다고 썼습니다. 그래요, 그것은 어렵지는 않지만 필수적인 것이죠. 사람들이 내게 내리는 외형적인 정의, 생김새, 대략적인 성격, 타인과의 관계, 직업상의 또는 개인적인 관심사, 가족관계와 친구관계, 명성, 고용계약, 소속된 네트워크 등 분명 정당하긴 하지만 인위적이고 기만적일 수도 있는 이런 정의들을 넘어서는 '나'는 과연 누구일까요? 마음 깊은 곳의 '나' 말입니다. 그리고 우리의 자산인 '나'는 세상에 대해 열려있는 태도, 즉 관찰능력, 살아있는 사람들과의 공감, 현실세계와의 화합으로 이루어집니다. '나'는 생각하고 행동하는 '나'일 뿐 아니라 끊임없이 쇄신되는 잠재 에너

지의 법칙에 따라 느끼고 경험하는 '나'입니다. 호기심, 공감, 욕망, 고뇌와 기쁨을 느끼는 능력이 완전히 결여되어 있다면, 생각하고 말하고 행동하는 '나'는 어떻게 되겠습니까?

나는 우리를 움직이고 규명하는 보이지 않는 힘을 파헤쳐 보고 싶었습니다. 그 힘은 당연히 우리가 살아온 이야기에 속한 것이지만 과거지향적이지는 않습니다. 그것은 현재 일어나고 있는, 또 미래에 일어나게 될 모든 행위의 본질 자체이자 감추어진 명분이기 때문입니다. 인생의 방향을 정해준 어떤 사건들이 일어나지 않았다면, 그 뿐 아니라, 어떤 감동을 느끼거나 어떤 순간에 전율하거나 어떤 것을 몸소 경험할 수 없었다면 지금의 '나'가 되지 못했을 것입니다.

이 책은 우리가 단순히 어린아이 같은 천진함을 되찾게 할 뿐 아니라 우리를 형성하고 앞으로도 계속 성장시켜 줄 숙성된 감정의 토양을 깨달을 수 있도록, 우리가 누구인가에 대해 민감해질 줄 알도록 하기 위해 쓴 것입니다. 투쟁 중에 있는 '나'는 잠시 잊어버리고, 우리가 도달해야 하는 목표–직업적 성취, 새로운 기획, 안정된 수익성–때문에 의식이 흐려지지 않도록 하기 위한 것입니다. '내'가 주변의 세상을 바라보는 너그럽거나 비판적인 시선, 그리고 세상을 재구성하는 시선, 즉 끊임없이 새롭게 공을 들이는 삶의 기초가 되는, 호기심이라는 심오한 원동력이 있다는 것을 알기 위함입니다.

'인간 조건'의 기본 토대이기도 한 감각적인 내면의, 그럼에도 타인과 함께 나눌 수 있는 앤솔로지를 만들기 위해서는 흐르는 세월을 잘 살펴야 합니다. '인간 조건'이라는 표현 또는 그에 준하는 다른 표현을 사용할 때(가톨릭의 기도문에서 지상세계를 일컫는 '눈물의 골짜기'란 표현을 생각해 봅시다.) 우리는 언제나 고통으로 불타는 경험, 죽음이라는 결정적인 경험을 떠올리게 됩니다. 하지만 그것은 또한 '취향'을 갖는 능력, 브르타뉴 사람들의 말처럼 식탐이나 육체적 욕망을 갖는 능력이기도 하며, 느끼고 음미하며 자극을 받아 행동하고 감동하는, 그리고 이 공동의 언어를 이해하는 다른 이들과 이 모든 것을 함께 나누는 능력이기도 합니다.

이 '나'는 또한 추억으로 이루어지지만, 이 추억을 선별하는 데는 어떤 법칙이 따르게 되는 걸까요? 그것은 의지의 개입 없이 이루어지고, 모든 사라진 추억들이 무의식의 영역에 속하지는 않는다 해도 정신분석에서는 무의식적인 필연의 이유를 자세히 설명하고 있습니다. 사건은 허공으로 사라지지만 본질은 남아 육신에 새겨지며 회상의 은밀한 매력으로, 느낌의 전율로, 놀랍도록 생생해서 때로는 이해할 수 없는 감동의 힘으로 되살아납니다. 그게 아니라면 이 내면에서 불타오르는 목소리, 우리가 시간의 흐름에 따라 그것을 공들여 만들어왔다는 사실조차 모르고 있는 이 생명의 발전소에 무엇을 더 바라겠습니까. 추억은 그렇지 않지만 육체의 감각적인 기억은 언제나 말을 합니다. 우리는 탐지기를 갖춘 하나의 세포조직입니다. 이 탐지기들은 끈질긴 흔적들을 기록합니다. 우리는 그 흔적들을 우리를 이끌어 주는 스승으로 삼습니다. 지나치게 많은 추억들은 우리를 마비시킬 지도 모르지요. 있을 수 있는 모든 감정의 목록 안에 진정으로 우리를 감동시킨 것의 원형들이 남습니다.

프루스트가 멀리 있지 않습니다. 하지만 추억을 되살리는 것은 단지 마들렌느의 맛이 아니지요[19]. 이 같은 어린 시절의 감각적 흥분을 불러일으키는 것은 감각적인 동요를 다시 느낄 때이며, 이것은 밀폐된 분위기, 특별한 성격, 시간, 숙모의 모습, 티, 마들렌느… 이 모든 것이, 화살이 명중되듯이, 달콤하고 약간은 무미한 과자의 향속에 응축되어 영원히 뿌리내리게 되는 일종의 의식에서 비롯됩니다. 즉, 이 아이에게는 그것이 이 모든 것들의 항구한 생명력을 응축시키는 가장 원형에 가까운 감각의 향기였던 것입니다.

어떻게 보면 티엔느 보노 드 콩디약프랑스의 철학자, 작가, 학술회원, 경제학자. 감각주의 학파의 리더로 꼽힘의 감각주의는 우리 모두에게 의미가 있습니다. 세계는 우리의 사고 안에서 잘 정돈된 방식으로 존재하기 이전에 우리의 감각을 통해 존재하고, 이 창조적인 감각기관들을 한 평생 잘 간직하기 위해서 우리는 할 수 있는 모든 걸 해야 합니다. 그것은 보고 경청하고 관찰하고 듣고 만지고 쓰다듬고 느끼고 냄새 맡고 맛보는 그 모든 것에 대해, 타인들에 대해, 인생에 대해 '취향'을 갖는 것입니다.

주

1. 지역 경찰과는 구분되어 도시 외 지역에서 활동하는 일종의 지방 경찰. 공보 수단이 발달되기 이전에는 북을 치며 사람들을 모아놓고 마을의 새로운 소식, 즉 마을 행사, 소식, 장례 등을 알리는 메신저 역할도 했다.

2. 원산지는 서아프리카로 카페인이 많이 들어 있어 일부 지역 원주민들은 이를 피로 회복제로 씹어 먹는다. 아메리카에서는 그 추출물로 콜라를 만든다.

3. 〈벌판을 달리는 토끼〉는 배우 장 루이 트랭티냥이 출연한 르네 클레망 감독의 1971년 작 영화. 카레이서이기도 한 장 루이 트랭티냥은 몬테 카를로 랠리에 출전하곤 했다.

4. 푸아투 지방의 당나귀는 '보데'라고 부르는 종에 속하며 몸집이 크고 털이 길기로 유명하다. 살레 암소 역시 몸집이 크고, 길고 곱슬한 적갈색 털과 길고 가는 뿔이 특징이다. 둘 다 유서 깊은 프랑스 토종의 가축들이다.

5. 이조아르 령은 프랑스 동남부 알프스 지역 해발 2361 미터에 위치한 고개. 그 중 '카스 데제르트'라 불리는 곳은 국제 사이클 경주 '투르 드 프랑스'의 최대 난코스 중 하나로, 바위와 모래산으로 이루어진 경관은 황량한 달표면을 연상케 한다.

6. 1919년 마르셀 뒤샹은 모나리자 얼굴에 수염을 그려 넣어 패러디한 작품을 남겼다. 그림 아래는 〈LHOOQ〉 라는 제목을 달았는데 이것은 영어로 'Look'을 의미하기도 하고 불어로는 '엘 아슈 오 오 퀴'로, 'elle a chaud au cul(엘 아 쇼 오 퀴– '그녀는 엉덩이가 뜨겁다'는 의미)'와 발음이 같아 성적인 암시를 드러낸다. 뒤샹은 이런 유희를 즐김으로써 예술작품의 신화적 권위에 대항했다.

7. 2009년 미국의 오바마 대통령은 텔레비전 생방송 인터뷰 중 파리를 맨손으로 잡는 해프닝을 벌였다.

8. 모엘랑 쉬르 메르는 브르타뉴 지방 피니스테르주 남부에 자리한 마을로, 바다로 이어지는 브리뇨 강 하구에는 붉은 등대가 있는 말라샤프 제방이

있다. 그곳에서는 파도가 거세게 몰아치는 모습이 장관을 이루고, 그런 날은 근해에 설치한 부표에서 나는 독특한 소리를 들을 수 있다. 이 소리를 '브리뇨의 암소 소리' 라고 일컫는다.

9. 'PLIZ'라는 청소용액 광고. 할머니가 대형 걸레를 앞치마처럼 두르고 긴 탁자 위를 배를 대고 슬라이딩으로 청소하며 '매일 이렇게는 못해요'라고 말해 웃음을 자아내는 코믹 광고물.

10. 19세기 제2제정 이후 프랑스인들이 프랑스 역사의 첫 번째 영웅으로 생각하는 골족의 부족장. 골족 연합군을 지휘하여 로마의 카이사르 군대에 저항했으나 열세에 몰려 카이사르에게 처형당한 비운의 인물. 코 밑에서 양쪽 아래로 길게 기른 수염이 특징이다.

11. 제임스 조이스의 소설 〈율리시즈〉의 마지막 장에 나오는 여주인공 마리언 블룸의 독백. 몰리는 마리언 블룸의 애칭이다.

12. 프랑스의 인류학자이자 민족학자(1908~2009). 구조주의의 선구자 중 하나로 20세기 전반 인문과학에 지대한 영향을 미친 인물. 그는 프랑수와즈 에리티에를 자신의 후계자로 삼았다.

13. 프랑수아즈 에리티에는 어린 시절에 보았던 19세기 그림에서 남자는 독

립적인 개체로 그려진 반면 여자는 평생 자녀나 남편 등 주변 사람들에게 의지해야 하는 존재로 그려진 것에 충격을 받았고 그 사실은 이후 평생을 통해 그녀의 학문적인 연구주제가 된다.

14. 1744년부터 시작된 전국 고등학교 학력경시대회. 각 학교의 교사 추천을 받은 학생대표들이 모여 학력을 겨루는 전통 깊은 경시대회로 매년 소르본느 대학 대강당에서 시상식을 연다.

15. 1530년에 창립된 프랑스의 고등 교육 연구기관. 과학, 문학, 예술 분야에서 누구에게나 개방되어 있고 졸업장이 없는 수준 높은 무료강의로 유명하며, 이곳에 교수로 임명되는 것을 큰 영광으로 생각한다.

16. 1866년부터 1984년까지 프랑스에서 시행했던 우편 전달 방식. 지하 하수구를 따라 연결된 압축 공기관을 통해 분당 600~700미터의 속도로 우편물을 배송했다.

17. 파리 몽파르나스 역사 위로 아파트와 공원이 조성되어 있고 그 맞은편에는 파리시내에서 제일 높은 빌딩인 몽파르나스 타워가 있다.

18. 예로부터 칼처럼 뭔가를 자르는 물건을 선물하면 그 관계도 끊어진다고 믿어, 선물을 받은 사람이 준 사람에게 동전 한 잎을 상징적으로 지불하

는 관습이 있다.

19. 마르셀 프루스트의 소설 《잃어버린 시간을 찾아서》에는 화자가 마들렌느를 먹으며 그것으로부터 어린 시절의 수많은 추억을 회상하는 장면이 나온다.

본문에 언급되었던 작품들

영화와 TV 시리즈(괄호 안은 국내에 소개된 제목)

–〈에일리언〉, 리들리 스콧, 1979.

–〈엘리 맥빌(앨리의 사랑 만들기)〉, 데이비드 E. 캘리의 TV 시리즈 (총 112회).

–〈아마코드(나는 기억한다)〉, 페데리코 펠리니, 1974.

–〈바람과 함께 사라지다〉, 빅터 플레밍, 1939.

–〈죽음의 키스〉, 헨리 헤서웨이, 1947(주연 : 리차드 위드마크).

–〈자메이카의 폭풍(해적선장과 소녀)〉, 알렉산더 맥켄드릭, 1965.

–동물 다큐멘터리 〈야생의 아프리카 연대기〉 시리즈 (죽어가는 치타).

–〈닥터 하우스(하우스)〉, 데이비드 쇼어의 미국 TV 시리즈.

–〈듄〉, 데이비드 린치, 1984.

-〈프랑켄슈타인〉, 제임스 웨일, 1931.

-〈더블린 사람들(죽음)〉, 존 휴스턴, 1987.

-〈유령과 뮤어부인〉, 조셉 L. 멘케비츠, 1947 (주연 : 진 티어니).

-〈길버트 그레이프〉, 라세 할스트롬, 1994.

-〈에르퀼 푸아로(명탐정 푸아로)〉, 영국의 범죄 수사물 (총 65회) (주연 : 데이비드 서쳇).

-〈놀랍도록 줄어든 남자〉, 잭 애놀드, 1957.

-〈배드 데이 블랙 록〉, 존 스터지스, 1955 (주연 : 스펜서 트레이시).

-〈킹콩〉, 미리언 C. 쿠퍼, 어니스트 B. 슈드색, 1933.

-〈키스 미 데들리〉, 로버트 앨드리치, 1955.

-〈말브뇌르 가문의 늑대〉, 기욤 라도, 1943.

-〈모스(모스경감)〉, 콜린 덱스터 영국 TV 시리즈 (총 33회).

-〈나의 사랑 클레멘타인(황야의 결투)〉, 존 포드, 1946 (주연 : 헨리 폰다).

-〈NCIS〉, 도널드 P. 벨리사리오, 돈 맥길의 미국 TV 시리즈.

-〈곰〉, 장 자크 아노, 1988 (주연 : 체키 카리요).

-〈아웃 오브 아프리카〉, 시드니 폴락, 1985.

-〈다크 페세지〉, 델머 데이브즈, 1947 (주연 : 애그너스 무어헤드).

-〈당나귀 가죽(당나귀 공주)〉, 자크 드미, 1970.

-〈퀸 켈리〉, 에리히 폰 스트로하임, 1928.

-〈뚜렷한 동기 없이〉, 필립 라브로, 1971 (주연 : 장 루이 트랭티냥).

-〈택시 드라이버〉, 마틴 스콜세지, 1976 (주연 : 로버트 드 니로).

-〈순수의 시대〉, 마틴 스콜세지, 1993.

-〈시에라 마드레의 황금〉, 존 휴스턴, 1948.

기타 참고 자료

-시몬느 드 보부아르, 《제 2의 성》, 1949.

-도로시 베이커, 《트럼펫을 든 청년》, 1982 (빅스 바이더백, 1903-1931).

-〈카이에 뒤 시네마〉, 1951년 앙드레 바쟁, 자크 도니올-발크로즈, 조제프 마리 로 뒤카가 창간한 영화잡지.

-장 콕토, 《쌍두 독수리》, 1947

-프랭크 허버트, 《듄》, 1965.

-퍼트리셔 하이스미스, 《개의 몸값》, 1972

-엑토르 말로, 《집 없는 아이》, 1878

-매리 앤 셰퍼, 《건지 아일랜드 감자껍질파이 북클럽》, 2009.

-피테르 얀스 산레담, 네덜란드 화가 (1597-1765).

-프란츠 슈베르트, 〈겨울 나그네〉, 뮈지약에서 열린 바리톤 베이스 로랑 나우리의 컨서트 중.

-장 보티에, 《만드라고라》, 니콜로 마키아벨리의 〈만드라고라〉를 재구성, 1952년 제라르 필립 연출로 파리 TNP에서 공연.

옮긴이의 말

2012년 초여름 어느 날, 라디오 방송 '프랑스 앵테르'에서 문학 평론가이자 문학 월간지 〈리르〉의 편집장이며 각종 문화관련 방송 프로그램의 사회를 맡고 있는 프랑수아 뷔스넬의 목소리가 흘러나왔다. "청취자 여러분, 노트와 펜을 준비하시고 여러분도 각자 자신만의 '달콤한 소금'을 써 내려가 보세요." 그의 말을 따랐다간 며칠 밤을 지새게 될 지 알 수 없었다. 그날의 초대손님은 저명한 인류학자 프랑수아즈 에리티에였다. 평생을 학술 연구에 바친, 80세를 바라보는 인류학자가 쓴 짧은 에세이 《달콤한 소금》이 서점가를 달구기 시작하고 있었기 때문이다. 90세를 넘긴 스테판 에셀의 저서 《분노하라》가 돌풍을 일으키며 프랑스 국내외를 휩쓸고 지나간 뒤였다. 성격이 매우 다른 두 작품에 공통점

이 있다면 노령의 저자들이 쓴 짧은 에세이라는 것이었고, 그들 모두 젊은 시절 자신의 분야에서 큰 업적을 이루었고 지금까지도 활동을 하고 있는 분들이라는 사실이었다. 프랑스에서는 나이를 먹었다는 사실 하나만으로는 권위를 갖지 못한다. 나이가 많은 학자와 예술가들이 누구보다 젊은 혼으로 '지금 현재' 활동을 하고 있다. 별다르게 하는 일 없이 오로지 나이 하나만으로 권위를 내세우는 노인도, 나이 들었다는 이유 하나만으로 노인을 퇴물 취급하는 젊은이도 없다. 들을 만한 가치가 있는 이야기라면 서로가 서로에게 귀를 기울인다.

15년 전에 독자들의 뜨거운 사랑을 받았던, 필립 들레름의 《첫 맥주 한 모금》이 떠올랐다. 한글판 옮긴이 김정란은 "나는 삶의 결을 이토록 세세히 알고 있는 남자를 보지 못했다. 일상의 작은 것들에서 날개를 끄집어 내는 이 신비한 기술, 그의 손이 닿으면 사물은 빛나게 변모한다."고 했다. 그러나 40대의 섬세한 작가가 일상을 요술 지팡이로 건드려 기쁨과 행복의 꽃다발로 만들었다면 이 노학자의 독창적인 필치는 훨씬 단순하고 직접적이며 삶의 본질에 가깝게 다가간다. 자신의 삶에서 비롯되었지만 독자들은 그것을 읽으며 곧 자신의 삶을 생각하게 된다. 거기에는 기쁨이나 행복 말고도 부끄러움과 두려움과 공포와 난감함, 절망과 뛸 듯한 기쁨, 즉 감각을 통해 생겨나는, 인간이 지닐 수 있는 모든 종류의 감정들이 담겨있다. "세계는 우리의 사고 안에서 정돈된 방식으로 존재하기 이전에 우리의 감각을 통해 존재하기 때문"이다. 여기서는 긍정적인 감정들과 부정적인 감정들이 공평하게 똑같은 가치로 존재한다. 긍정적으로 살자고 부추기지도 않고 훈계를 하려는 의도는 찾아볼 수도 없다. 또한 이 책 《달콤한 소금》은 그저 감정과 느낌의 나열로 끝나버리는 것이 아닌가 하는 생각이 들려고 할 때 쯤, 이 경이로운 세상에 대한 찬가의 멜로디가 되어, 처음에는 개별적으로 들리는 낮은 소리로 시작되었다가 서로 메아리치며 점점 크게 울려 퍼져 모든 이들의 합창이 되는 신기한 체험을 가져다 준다. 자신이 누렸던 과거의 영광을 포장해서 보여 주는 자서전이나 회고록도 아니고, 아무런 치장 없이, 80년 가까이 살아온 한 개인의 감각적 취향을 드러내는, 더 이상 그 어떤 것으로도 환원될 수 없는, 인생이라는 향기의 원소기호표 같은 것으로 느껴지는 것이다.

저자는, "책 뒤편에 백지를 몇 장 남겨둘 걸 그랬어요. 독자들도 각자 자신만의 인생의 맛을 적어볼 수 있도록 말이죠."라며 인터뷰를 마무리했다. 그 말을 듣고 나니, 이 책을 번역하는 기간 동안 맛보았던 인생의 맛을 적어 보는 것이 어쩌면 충분한 후기가 될 수도 있겠다는 생각이 들었다.

영화 〈비포 선셋〉에 나왔던 집 앞의 카페에 앉아 햇볕을 쬐며 지나온 시간들을 프랑수아즈 에리티에식으로 회상하듯 되새겨 보기, 열 살에 옥중에서 죽은 비운의 황태자 루이 17세가 뒷마당에 묻혀 있는 지은 지 300년 넘은 성당에서 스테인드 글라스 창을 통해 들어오는 저녁 햇살 바라보기, 바칼로레아프랑스의 고등학교 졸업자격시험 시험기간 중 도서관을 거의 점령하다시피 하고 있던 고등학생들이 별다른 이유 없이 소란을 부려 난장판을 만든 끝에 안전요원들의 감시하에 모두 밖으로 쫓겨나가 황량해진 퐁피두 센터 도서관의 문학 코너 열람석을 담당 사서와 함께 망연히 바라 보기, 도서관으로 들어가기 직전 광장에 앉아 한숨 돌리고 행인들을 구경하면서 아이스 카페 라테 한 잔 마시기, 계절마다 각각 다른 꽃들이 차례로 피어나는 동네 공원 가로지르기, 그 이름 모를 꽃들의 이름을 외워 보려고 안간힘 쓰기, 집에서 나와 버스정류장까지 가는 길 옆에 지금은 사라졌지만 《시라노 드 베르주락》을 쓴 에드몽 로스탕이 묻혀 있었다는 사실을 상기하기, 석 달째 트랙터 한 대로 철거 중인 집 근처의 건물이 점차 사라지는 모습을 매일 확인하기 그리고 그 소음을 견뎌내기, 때로는 소음 때문에 귀마개를 하고 집에서 작업하기, 멀리 떨어져 있는 사랑하는 이들을 위해 매일 기도하기, 한 달 동안 집을 비우게 될 것이라는 내 얘기를 듣고 솔선해서 우편물을 맡아주겠다고 했던 너무도 사랑스럽고 친절한 관리인 프티 부인의 미소 띤 얼굴 기억하기, 알베르 카뮈와 젊은 시절 주고 받았던 서신을 출간한 극작가 V 선생님이 직접 그 책을 보내주신 일, 그리고 내가 지난 가을에 말년의 카뮈가 살았던 루르마랭에 다녀와서 짧은 글을 썼다는 사실에 그분은 너무나 반가워 하셨지만 서울에 오기 전에 다시 만나 뵙지 못한 일, 연로하신 분들과 헤어질 때는 이 분을 다시 만날 수 없게 되면 어쩌나 두려운 마음이 드는 것, 산책길에 프랑수아 미테랑 국립도서관 앞 나무계단에 앉아 짙은 미모사 향기를 맡으며 세느 강변에서 영화 촬영 준비를 하는 스태프들의 작업을 구경했던 일, 서로 다른 날짜에 서울에서 파리로 또 파리에서 서울로 이동하느라 가족들과 이별과 재회를 반복하다가 결국은 한 자리에 다시 모였을 때, 청명하고 선선한 파리를 뒤로 하고 폭염주의보가 발효 중인 서울행 비행기에 오르기, 4년 만에 서울의 여름을 질리도록 맛보기, 서울의 국립도서관에서 작업하며 프랑스 도서관과 한국 도서관의 차이를 나도 모르게 자꾸 비교했던 것, 30년 전에 도서관에서 하루 종일 함께 지냈던 친구를 지금도 도서관에서 만날 수 있다는 사실에 놀라워하며 감사하기, 본문에 나와서 알게 된 《건지 아일랜드 감자껍질 파이 클럽》이라는 소설을 아주 '맛있게' 읽은 것, 지난 몇 년간 여행 다닌 장소들을 언뜻언뜻 기억하며 밀린 사진 정리를 해야 한다는 강박에 시달렸지만 여전히 정리하지 못하고 있는 것, 대중 가수 싸이의 '강남스타일'이라는 노래가 말 그대로 '열풍'을 일으키는 모습 두 눈으로 확인하기, 수년간 먹을 수 없었던 크고 달고 물기 많은 복숭아를 매일 열심히 먹기, 불특정 다수를 향한 이유 없는 범죄에 관한 뉴스를 듣고 나서 지하철을 탈 때면 주위를 경계의 눈으로 살펴보기, 본문에 나오는 보델리오 공원의 모습을 보려고 구글 맵 스트리트 뷰로 검색하다가 갑자기 옛날에 살던 집주소들이 줄줄이 생각나 검색해 보고는 이제는 변해 버린 모습에 실망해서 이틀쯤 기분이 좋지 않았던 일, 그 중에도 특히 감나무가 있던 예쁜 정원은 온데간데 없고 콘크리트로 바른 주차장으로 변한 옛집의 모습에 충격 받았던 일, 그 정원을 정성껏 가꾸셨던 돌아가신 아버지 잠시 생각하기, 가을 장마가 시작되었을 쯤 이번 원고료를 받으면 제습기를 사야겠다고 생각한 것, 책이 출간되면 이 글을 읽은 독자들도 각자 자신의 삶에서 달콤한 소금을 재발견하고 음미할 수 있게 되기를, 그것을 통해 고된 현실을 잠시 잊고 재충전하여 다시 현실을 살아낼 힘을 얻게 되기를 간절히 기원하기……

2012년 프랑스 파리에서

길혜연

……세계는 우리의 사고 안에서 잘 정돈된 방식으로 존재하기 이전에 우리의 감각을 통해 존재하고, 이 창조적인 감각기관들을 한 평생 잘 간직하기 위해서 우리는 할 수 있는 모든 걸 해야 합니다. 그것은 보고 경청하고 관찰하고 듣고 만지고 쓰다듬고 느끼고 냄새 맡고 맛보는 그 모든 것에 대해, 타인들에 대해, 인생에 대해 '취향'을 갖는 것입니다.

달콤한 소금

첫판 1쇄 펴낸날 2013년 1월 18일

지은이 | 프랑수아즈 에리티에
엮은이 | 길혜연
펴낸이 | 박남희

종이 | 화인페이퍼
인쇄 | 청아문화사
제본 | 정민제본

펴낸곳 | (주)뮤진트리
출판등록 | 2007년 11월 28일 제318-2007-000130호
주소 | 서울시 영등포구 양평동 2가 37-2 양평빌딩 301호
전화 | (02)2676-7117 팩스 | (02)2676-5261
E-mail | geist6@hanmail.net

ISBN 978-89-94015-53-8 03860